LIVIA PIPES

Das blutige Spiel

LIVIA PIPES

Das blutige Spiel

Thriller

Vorbemerkungen

Jede Ähnlichkeit mit lebenden oder toten Personen sowie realen Geschehnissen ist rein zufällig und nicht beabsichtigt.

ISBN: 978-1545152683
Independently published

„Das blutige Spiel“
by Livia Pipes

Livia Pipes
c/o Hans Hehemann
Rolover-Kirchweg 7
30952 Ronnenberg/Germany
liviapipes@web.de

Cover: The Cover Collection

*„Der Glaube an eine übernatürliche
Quelle des Bösen ist unnötig.
Der Mensch allein ist zu jeder möglichen
Art des Bösen fähig.“*

Joseph Conrad

1

Las Vegas, Mayflower Hotel
Mittwoch, 28. Dezember

Jackson O'Connor ging durch den Korridor und prüfte ein letztes Mal, ob die Hintertür nach außen wirklich gut verriegelt war. Er warf noch einen kurzen Blick durch das Fenster nach draußen. Spätestens morgen würden die Geschäftsleute ihre allerletzten Weihnachtsdekorationen gegen bunte Silvesterdeko austauschen. Der Besitzer des kleinen Hotels seufzte und sah auf die Uhr. 4.30. Die meisten der Touristen, die in dem kleinen Hotel in der Nähe des Las Vegas Strips übernachteten, schliefen bereits. Wer bis jetzt noch nicht von seinem nächtlichen Trip nach Hause gekommen war, würde vor verschlossenen Türen stehen. *Nein,* dachte O'Connor und lachte kurz auf, *es wird sie sicher ein großer Tumult erwarten!* Doch davon würde er selber nichts mitbekommen.

Er ging in seine Wohnung zurück, die im Erdgeschoss des Gebäudes lag und schloss die Tür hinter sich. Neben dem bunt beleuchteten Weihnachtsbaum stand auf einem kleinen runden Tisch eine Flasche Whisky. Das meiste hatte er schon im Verlauf des Abends getrunken und währenddessen immer wieder das Familienfoto aus glücklichen Zeiten angestarrt. Mit einem Seufzer setzte er sich in den Sessel, der neben dem Tisch stand, griff mit zittrigen Händen nach der Flasche und füllte das geschliffene Glas, bis auch der allerletzte Tropfen vom Flaschenrand gefallen war. »Cheers, Jack!«, prostete er sich selbst zu und trank das Glas in einem Zug leer.

Danach starrte er ein paar Minuten sinnlos im Zimmer umher und merkte, dass sich sein Verstand vom starken Alkohol immer mehr vernebelte. Ein paar Stunden zuvor waren immer wieder Gedanken in seinem Kopf herumgegeistert, ob es nicht doch noch eine Alternative gäbe. Doch er war zu der Gewissheit gelangt: Es gab keine! Nun war es an der Zeit zu handeln!

O'Connor stand auf und ging über den nassen Teppich in das kleine Badezimmer. Der starke Geruch, der ihn dabei begleitete, störte ihn nicht. Er hatte sich in der letzten Stunde daran gewöhnt. Ein letztes Mal sah er in den Spiegel und erblickte dort einen betrunkenen Mann mit verzweifeltem Blick und Tränen in den Augen. »Du Versager!«, schrie er wütend, und er schlug mit seiner Faust in sein Spiegelbild. Das Glas zerbrach in tausende kleine Teile, und als er von seiner stark blutenden Hand wieder aufsah, erkannte er sich nicht mehr.

Er zog sein Handy aus der Tasche, wählte eine Nummer auf Skype und wartete, bis die Verbindung stabil stand. Dann befestigte er das mobile Telefon auf dem Stativ und richtete es so aus, dass er gleich gut zu sehen sein würde. Nun nahm er die Handschellen vom Waschbecken, setzte sich daneben auf den nassen Boden, kettete sich an das Stahlrohr und prüfte, ob es auch wirklich fest war. Den Schlüssel warf er anschließend in die Toilette und spülte ihn hinunter. Er musste 100% sicher sein, dass er sich nicht mehr befreien konnte.

Das soll es also gewesen sein, dachte er, als er mit den Vorbereitungen fertig war. Er wurde ruhiger. Er wusste, er tat das Richtige! Noch einmal nahm er das Foto in die Hand und streichelte mit seinem Zeigefinger zart darüber.

Dann drehte er seinen Kopf und sah hoch – direkt in die Kamera seines Handys. Dicke Tränen standen in seinen Augen und kullerten die Wangen hinunter. Mit seinen Lippen formte er ein paar lautlose Worte und schickte spontan einen Luftkuss zur Kamera.

Entschlossen und ohne noch einen weiteren Gedanken an die Folgen zu verschenken, zog er sein Feuerzeug hervor und ließ es in die Lache aus Benzin fallen, in der er saß.

Innerhalb von Sekunden zerfraßen die Flammen seine Haut und er brannte einer Fackel gleich, lichterloh.

2

An einem unbekannten Ort
Mittwoch, 28. Dezember

Es hatte einige Zeit gedauert, doch dann hatte er sich dazu entschieden, zunächst noch einmal die gleiche Foltermethode anzuwenden wie beim ersten Mal. Deshalb griff er nach der Maschine, die neben den vielen anderen sorgfältig hingelegten Werkzeugen und Instrumenten lag und steckte den Stecker in die Steckdose. Dabei redete er in ruhigem Ton mit jemanden, der mit ihm über das Handy verbunden war.

Die Frau, die nackt und an Armen und Beinen gefesselt vor ihm auf dem Boden lag, fing erneut an zu schreien. Er unterbrach das Gespräch, nahm den Knebel, den er sich schon bereit gelegt hatte, und stopfte ihn ihr in den Mund. »Du willst es ja nicht anders. Schreist schon die ganze Zeit herum, obwohl ich noch nicht mal angefangen habe!« Auf seinem Gesicht erschien ein dreckiges Grinsen. »Mal sehen, ob ich mein Ziel erneut erreiche, Schätzchen. Falls nicht, wirst du wohl dran glauben müssen.« Dann hielt er das Handy in ihre Richtung. Die Frau bäumte sich auf und versuchte zu schreien, dabei traten ihre Augen vor lauter Angst immer weiter aus ihren Höhlen hervor.

Der Mann lachte amüsiert über ihre vergeblichen Versuche, sich zu wehren und wendete sich wieder ab, um weiter mit seinem Gesprächspartner zu diskutieren.

Die Gefangene merkte, wie ihr durch die Anstrengung und den psychischen Druck immer mehr die Kräfte schwanden. Ihr Blick glitt von ihrem Peiniger weg, in die andere Zimmerecke. *Er findet eine Lösung, mein Schatz. Ganz sicher,* dachte sie, doch eigentlich wusste sie, dass sie sich etwas vormachte. Ihre Rettung war so gut wie unmöglich, darüber bestand bei der Forderung kein Zweifel.

Plötzlich holte sie ein lautes schnarrendes Geräusch in die Realität zurück. Sie drehte ihren Kopf und sah, wie der Mann mit der laufenden Maschine und dem Handy in der Hand auf sie zukam und sich in Höhe ihrer angeketteten Beine mit einem Bein auf den Boden kniete.

Er sah sie an, das Handy mit der Kamera weiter auf sie gerichtet, und rief laut, um das Motorengeräusch zu übertönen: »So, meine Liebe, jetzt hast du einen wirklichen Grund zu schreien ...«

Der Schmerz, den sie spürte, als die Maschine ihre Haut, ihre Muskeln und Sehnen zerfetzte, war so stark, dass sie wie ein wildes Tier versuchte, der Tortur zu entkommen. Doch die Fesseln, die sie hielten, waren zu fest ...

3

Las Vegas
Mittwoch, 28. Dezember

Das war das letzte Mal, dass ich hier geschlafen habe, dachte Nat missgestimmt, kurz nachdem er mit der flachen Hand dem lärmenden Wecker Einhalt geboten hatte. Insgeheim wusste er jedoch, dass er das Vorhaben, woanders zu schlafen, sowieso nicht umsetzen würde. Die Uhr zeigte 8.30 und es war Mittwoch. Der Mittwoch nach Weihnachten. Ein grausamer Mittwoch. In dreieinhalb Stunden würde er wieder im Büro sitzen und versuchen, das Böse in dieser Welt auszurotten.

Wenn er es richtig überlegte, wozu er zu diesem Zeitpunkt noch nicht wirklich in der Lage war, war diese eine Urlaubswoche ein Witz gewesen. Erstens ging ihm dieser ganze Weihnachtsfirlefanz, mit dem er noch nie so richtig viel anfangen konnte, ziemlich auf den Wecker. Die Vorbereitungen, der Einkauf, die Gäste und das alles, obwohl weder Cindy noch er eine große Familie besaßen. Der zweite Punkt waren die Nachtstunden. Sie waren seit Sheilas Ankunft vor drei Wochen für ihn immer noch eine Qual.

Er hob matt seine Beine über den Bettrand und fühlte sich einfach nur gerädert. Das Gehirn noch ausgeschaltet, schlurften seine Füße wie von selbst in Richtung Badezimmer. Auf der Hälfte der Strecke vollzogen sie jedoch plötzlich eine Kursänderung zu Cindys Bettseite, damit er einen Blick in den Stubenwagen werfen konnte. Mit den Fingern schob er vorsichtig die Decke beiseite. Da war sie! Seine Sheila! Das winzige Mädchen lag auf dem Rücken und hatte den Kopf zur Seite gedreht. Ihre Lippen machten diese süßen Saugbewegungen. Nat grinste.

Wahrscheinlich träumt sie von ihrem letzten Ausflug an Mamas Brust. Wie konnte man in kurzer Zeit einen Menschen so lieben? Dieses kleine Wesen hatte sein ganzes Leben umgekrempelt, ließ sein Herz Purzelbäume schlagen und endlich mit positiven Gefühlen in die Zukunft blicken. Diese hätte er nämlich durch ein tragisches Ereignis in seiner Jugend fast komplett in den Sand gesetzt. Doch Cindy hatte ihn aus seiner Alkoholabhängigkeit gerissen und ihn dazu gebracht, von einem herumhurenden Frauenhelden zu einem verantwortungsvollen Partner und liebevollen Vater zu werden. Er verdankte ihr ein neues Leben. Ihr und den Anonymen Alkoholikern, zu denen er immer noch regelmäßig ging. Er lächelte, warf einen liebevollen Blick auf die noch friedlich schlummernde Cindy und setzte seinen Weg fort.

Dreißig Minuten später saß er geduscht und angezogen in der Küche beim Frühstück. Toast, Marmelade, zwei Spiegeleier und ein dampfender Kaffee standen vor ihm, als er den Fernseher einschaltete.

»Guten Morgen, Schatz«, sagte plötzlich eine sanfte Stimme neben ihm.

Nat zuckte zusammen. »Hast du mich erschreckt!« Er küsste sie zart auf den Mund. »Guten Morgen, Süße! Du brauchst sicherlich auch einen Kaffee nach der Nacht. Die Kleine hat dich ja wieder ein paar Mal auf Trab gehalten.«

Cindy gähnte herzlich. Mit gekonntem Griff zwirbelte sie ihre wirren, blonden Haare zusammen und machte sie mit einem Gummi fest. »Dich ja wohl auch, wenn man deine Augenringe so ansieht! Und jetzt liegt die kleine Prinzessin da, als könnte sie kein Wässerchen trüben.«

Nat schenkte ihr einen Kaffee mit sehr viel Milch ein und reichte ihr die Tasse. Sie griff danach, doch ein Beitrag im Fernsehen lenkte sie ab. »Da! Sieh mal! Stell' mal bitte laut!«, forderte sie Nat auf.

»*... großes Unglück. Nach dem verheerenden Brand des Mayflower Hotels in der Koval Lane nahe des Las Vegas Strip, bei dem der Hotelbesitzer sowie 30 weitere Personen ums Leben kamen und zwei Personen immer noch in Lebensgefahr schweben, gibt es wohl erste Hinweise auf eine mutwillige Brandstiftung. Man fragt sich, wer dafür die Verantwortung trägt. Tragisch ist, dass so viele Menschen, meist Touristen, in den Tod gerissen wurden. Einige der Opfer sind an Rauchvergiftung gestorben, andere wurden wahrscheinlich beim Fluchtversuch direkt von den Flammen erfasst. Ein trauriger Tag für Las Vegas! – Das war Natalie Fernandez für CNN Las Vegas.*«

Nat schüttelte den Kopf, nahm die Fernbedienung und schaltete den Fernseher auf lautlos. »Schrecklich! Wer macht denn so etwas? Zündet ein ganzes Hotel an und reißt so viele Leute mit in den Tod!«

Cindy setzte sich auf einen der Barhocker und war ebenfalls geschockt. »Ja, so etwas ist ganz furchtbar. Man mag sich gar nicht vorstellen, was diese Menschen durchgemacht haben müssen.«

»Da hast du recht. Falls es wirklich Brandstiftung und kein Unfall war, dann hoffe ich, dass unsere Kollegen von der Polizei den Verantwortlichen bald festnehmen«, sagte Nat und starrte auf seinen Teller. Irgendwie war ihm der Appetit vergangen.

Um 12 Uhr mittags traf er im FBI-Büro ein. Auch hier lief der Fernseher und zeigte das abgebrannte Hotel.

»Mich wundert in dieser Stadt ehrlich gesagt gar nichts mehr. Die Leute haben Probleme, mit denen sie nicht mehr fertig werden, und dann brennt ihnen da oben die Sicherung durch!«, sagte Villano gerade, als Nat zu seinen Kollegen trat.

»Guten Morgen, Leute! Ja, das ist wirklich furchtbar.«

Villano nickte. Der 42-Jährige italienischer Abstammung nahm sich einen der Donuts, die er wie immer für das ganze Team besorgt hatte, und biss genussvoll hinein. »Kann es sein, dass du irgendwie sensibler geworden bist, Nat? Früher hast du solche Meldungen kaum wahrgenommen.«

Nat seufzte und warf nochmal einen Blick zum Fernseher, der oben an der gegenüberliegenden Wand angebracht war. »Da hast du wahrscheinlich recht! Seit wir das Baby bekommen haben, bin ich in der Beziehung dünnhäutiger geworden.«

Villano grinste ihn an. »Jetzt schon? Das Würmchen ist doch erst drei Wochen auf der Welt!« Er wischte sich mit einem Tuch die süße Glasur und ein paar Krümel vom Mund. »Apropos – wann stellst du uns denn die Kleine mal vor?«

»Ja genau, bring sie mal mit. Damit wir die junge Dame mal kennenlernen, von der du soviel erzählst! Und wie war überhaupt euer Weihnachtsfest zu dritt?«, sagte plötzlich Keyomi Grant, die unbemerkt den Raum betreten hatte. Sie gab Villano einen Kuss auf den kahlen Kopf. »Hi Schatz!«

»Hallo, schöne Frau!«, sagte Villano erfreut und streichelte ihr zärtlich über den Arm.

»Hallo Keyomi«, begrüßte Nat die jüngste Kollegin des Teams. »Mein Fest? Das war, wie du dir vorstellen kannst, komplett anders als in den Jahren zuvor. Und du? Hast du deinen letzten freien Vormittag genossen?«

Die Systemanalytikerin mit den asiatisch-amerikanischen Wurzeln ließ sich auf ihren Schreibtischstuhl fallen. Dabei hielt sie ihre Einkaufstaschen in die Höhe. »Wie ihr seht, war ich äußerst erfolgreich! Ich habe zwei Weihnachtsgeschenke umgetauscht und im Ausverkauf noch jede

Menge andere Sachen gefunden«, sagte sie erledigt und zog genervt ihre Schuhe von den Füßen. »Ich weiß nicht, warum diese Dinger immer so unbequem sein müssen!«

Nat warf einen Blick auf die Grants hochhackige Schuhe und grinste. »Mit denen würde ich keine zehn Meter weit kommen.«

»Ich glaube, das sähe auch sehr seltsam aus, Nat«, mokierte sich Villano.

Nat, dem das Gespräch nun zu sehr aus dem Ruder lief, setzte sich an seinen Schreibtisch. »Hey Leute, ich denke, wir haben genug zu tun. Seht euch mal die Aktenberge an, die während der Feiertage liegen geblieben sind!«

Villano stöhnte. »Ich wollte die eigentlich total ignorieren!«

Nat grinste, denn das konnte er sehr gut nachvollziehen.

Zwanzig Minuten später klingelte Nats Telefon.

»SSA Porter! – Ja Sir.« Nat sah hinauf zum Fernseher. Donald Trump hatte mittlerweile den Bildschirm erobert. »Ich verstehe. – Ja, ich melde mich bei Ihnen, Sir. – Bye.«

Er legte auf und sah erneut zum Fernseher.
Grant und Villano folgten seinem Blick. »Ein Fall für uns?«, fragte Villano. »Ist unserem zukünftigen Präsidenten etwas passiert?«

Nat schüttelte den Kopf. »Nein! Quatsch! Es geht um das Mayflower-Hotel. Erste Erkenntnisse haben wohl gezeigt, dass es sich bei dem Brand vielleicht um einen vertuschten Mord an dem Hotelbesitzer handeln könnte. Und da so viele Menschen und vor allen Dingen ausländische Touristen bei dem tragischen Unglück ums Leben gekommen sind, sollen wir den Fall bearbeiten.« Er nahm seine Jacke. »Kommst du, Joe? Wir fahren dort direkt hin.«

Dann wandte er sich noch einmal an Grant. »Du suchst bitte alles heraus, was du über den Hotelbesitzer finden kannst, und Matt soll, wenn er vom Schießtraining zurück ist, ins Krankenhaus fahren und dort die Überlebenden befragen.«

»Wird gemacht, Chef!«

Nat und Villano machten sich direkt auf dem Weg zu dem abgebrannten Hotel. Villano lenkte den Wagen in die Einfahrt des Hotels und kam kurz vor dem Absperrband zum Halten. Das kleine Hotel war fast bist auf die Grundmauern abgebrannt. Einzig und allein die metallenen Bestandteile und Teile der Badezimmer waren noch grob zu erkennen.

Sie stiegen aus und bückten sich unter der Absperrung hindurch, als ein bekanntes Gesicht auf sie zukam. Es war Cathrin Stone.

»Cathrin! Du hier?«, rief Nat erfreut und gab der Polizistin die Hand.

»Hi Nat! – Joe. So sieht man sich wieder.«

»Ja. Geht es dir gut? Wir haben uns ja eine Ewigkeit nicht mehr gesehen«, fragte Nat die attraktive Frau mit dem blonden Kurzhaarschnitt.

»Alles bestens. Bin befördert worden! Und du? Man erzählt sich, dass du Schwerenöter Vater geworden bist?«

Nat errötete leicht. »Ja. Das stimmt«, grinste er. »Die Kleine heißt Sheila.«

»Herzlichen Glückwunsch!«

»Danke dir. Aber lass uns mal über den Brand reden, Cathrin.«

Die Polizistin drehte sich zu der Ruine. »Wie ihr selber seht, hat die Feuerwehr inzwischen ganze Arbeit geleistet und schon viel weggeschafft, aber ich habe hier eine Mappe mit den bisherigen Ermittlungsergebnissen und mit Fotos von der Zeit unmittelbar nach dem Brand für euch!«

Sie überreichte Nat die Mappe und er schlug sie

auf. Dem Bericht des Sachverständigen für Brandursachen konnte er entnehmen, dass anscheinend ein massiver Einsatz eines Brandbeschleunigers in Form von Benzin zum Einsatz gekommen war, und dass die Türen zum Zeitpunkt des Ausbruchs allesamt verschlossen gewesen waren. Im Inneren des Hauses waren die meisten Toten direkt vor den Ausgängen gefunden worden. Sie hatten eine Rauchvergiftung erlitten und waren anschließend verbrannt. Nat ging mit einem Kloß im Hals die Fotos durch, die direkt nach dem Auffinden geschossen worden waren. Der Anblick war einfach furchtbar. Die aufeinanderliegenden verkohlten Leiber, die Münder noch zu einem letzten Aufschrei aufgerissen. Kinder in den Armen ihrer Mütter. Bei einem Foto blieb er hängen und nahm es aus der Mappe, um es Stone zu zeigen.

»Ist es wirklich das, was ich meine zu sehen, Cathrin?«

Villano, beugte sich vor, um das Bild in Nats Hand genauer betrachten zu können.

Stone presste die Lippen zusammen. »Ja. Du siehst richtig. Das ist höchstwahrscheinlich der Hotelbesitzer Jackson O'Connor! Er ...«

»Er war mit Handschellen an ein Waschbeckenabflußrohr gekettet?«, fuhr Villano mit einem angewiderten Ausdruck im Gesicht dazwischen. Die verkohlten Leichenreste boten einen schrecklichen Anblick.

»So würde ich das auch interpretieren«, gab Nat nachdenklich von sich. »Das ist schon seltsam, oder? Hatte er eine Familie? Und wenn ja, ist sie unter den Toten?«

Stone zuckte mit den Schultern. »Er war wohl verheiratet und die Familie hat hier zusammen gelebt, doch ob sie unter den Opfern ist, weiß ich nicht. Das wird sich noch zeigen. Ich weiß nur, dass in dem Badezimmer, in dem er gefunden wurde, auch die

Reste eines Stativs und eines Handy gefunden wurden. Alles natürlich ziemlich eingeschmolzen und für Nachforschungen nicht mehr zu gebrauchen.«

»Wie immer. Das sind wir schon gewohnt«, sagte Nat.

Cathrin Stone machte plötzlich ein nachdenkliches Gesicht. »Wie seid ihr überhaupt an den Fall geraten?«

Nat klappte die Mappe zu und sah zu der Ruine herüber. »Das hat unsere Obrigkeit so entschieden. Wahrscheinlich aufgrund der vielen ausländischen Opfer, weil die Ermittlungsergebnisse unseres Team in letzter Zeit so außerordentlich gut waren und wir die besten Profiler in Las Vegas sind.«

»Ja klar. Erscheint logisch«, sagte Stone grinsend. »Dann hoffe ich mal, dass ihr herausfindet, wer dafür verantwortlich ist! Ich muss jetzt weitermachen, Jungs.«

Sie gaben sich die Hand.

»Alles klar. Pass auf dich auf, Cathrin!«

»Ihr auch! Bye!« Sie winkte ihnen noch einmal kurz zu und ging zurück zu ihren Kollegen.

Villano sah ihr hinterher. »Süßer Hintern.«

»Joe. Du hast doch deine Keyomi«, sagte Nat.

Villano buffte ihm an die Schulter. »Nun sei mal nicht päpstlicher als der Papst! Du wirst doch sicherlich auch mal den einen oder anderen Blick riskieren.« Er zwinkerte. »Wenn ich da so an früher denke ...«

»Das ist Vergangenheit, mein Lieber.« *Genau wie so vieles andere,* dachte Nat. Er sah sich um. »Ich glaube, es macht keinen Sinn, sich hier noch umzugucken. Komm, lass uns zurückfahren«, sagte er und ging zum Auto. »Mal sehen, ob Key etwas über den Hotelbesitzer ausgraben konnte.«

»Denkst du daran, dass wir noch zu der Reinigung fahren wollten, um meine Anzüge abzuholen?«

Nat stöhnte. »Weißt du, dass die Reinigung, zu der du immer deine Sachen bringst, genau in der entgegengesetzten Richtung liegt? Das kannst du nach der Arbeit erledigen!«

»Jetzt sei doch nicht so! Was hast du nicht alles schon während der Arbeitszeit gemacht. Ich denke da nur an ...«

»Ist ja schon gut«, stöhnte Nat laut. Er hatte keine Lust, Villano seine vielen kleinen Sünden litaneiartig aufsagen zu hören.

Sie fuhren auf dem Las Vegas Boulevard entlang und wunderten sich, wie viele Leute am Vormittag dort schon unterwegs waren. Die Leute schossen Fotos von den gigantischen Hotels am Strip, gingen in den Läden einkaufen, schauten nach Souvenirs und machten sich auf den Weg zu den legendären Buffets.

»Wie geht es dir eigentlich so? Privat, meine ich?«, fragte Nat so nebenher, während er diesmal das Fahren übernommen hatte.

Villano sah zu ihm herüber. »Was meinst du jetzt genau? Meine Ex-Frau, Keyomi oder den Tod meiner Mutter?«

Nat schluckte. Er wusste, dass der Tod der Mutter Villano sehr hart getroffen hatte. »Wie geht es denn deinem Vater? Ist er gut darüber hinweggekommen?«

Villano wendete sich ab und sah nach rechts aus dem Fenster. Sie waren inzwischen kurz vor dem *New York New York* Casinohotel. *Wie passend die Frage,* dachte er, da sein Vater in New York lebte. Noch. »Mein Vater denkt aktuell darüber nach, seinen Lebensabend bei mir in Las Vegas zu verbringen und – ACH DU SCHEISSE! HALT SOFORT AN! – DIE ACHTERBAHN!!!«

Nat kam gar nicht dazu, über die Worte Villanos nachzudenken, da hörte er schon das unsagbar laut krachende Geräusch eines Einschlages direkt in der

Nähe. Sein erster Reflex war, sich und seinen Kollegen aus der Gefahrensituation zu bringen. Mit Mühe und Not gelang es ihm, in der Kreuzung nach rechts abzubiegen und am Straßenrand zum Halten zu kommen. Hinter ihm nahm er Lärm von Hupen und laute Rufe wahr. »Was war das?«, schrie er und schnallte sich ab, um auszusteigen.

»Die Achterbahn! – Sie ist entgleist und abgestürzt!«, antwortete Villano mit kreideweißem Gesicht.

Nat schüttelte den Kopf und öffnete seine Tür. »Ist das dein Ernst?«

Villano tauchte neben ihm auf und fuchtelte mit den Händen in der Luft herum. »Glaub es mir einfach. Sie hatte einen Unfall! Nicht umsonst ist hier so ein Chaos auf der Straße!«

Nat starrte ungläubig auf die Stelle. Das Gerüst wies seiner Meinung nach keine Schäden auf. *Seltsam.* »Hast du gesehen, ob da Leute in den Wagen saßen, Joe?«

»Oh Gott! Ich weiß es nicht, aber sieh mal auf die Uhr. Bestimmt war die Bahn voll besetzt! Was sollen wir tun? Wir können doch nicht nur hier herumstehen!«

Nat überlegte. Es würde ewig dauern, bis sie an Ort und Stelle waren, um zu helfen. Bis dahin würden schon lange Ersthelfer aus dem Casino dort sein. Von weiter weg hörte er schon Sirenen von Krankenwagen, Feuerwehr und Polizei.

»Nat?«, fragte Villano zu allem entschlossen.

Nat fasste Villano an die Schulter. »Dort drinnen können wir jetzt nichts machen, aber lass uns um die Ecke gehen und versuchen, das Verkehrschaos da vorne in den Griff zu kriegen! Die Einsatzkräfte brauchen Platz, wenn sie gleich hier eintreffen!«

Villano war immer noch bleich, als er nickte. »In Ordnung.«

Sie setzten sich in Bewegung und zückten bereits im Laufschritt ihre Dienstausweise, um die sich mittlerweile angesammelten Schaulustigen in ihren Autos dazu zu bewegen weiterzufahren. Oft wurden sie von den Leuten gefragt, was denn passiert wäre, denn zu sehen war ja nach außen nichts. Doch die beiden FBI-Agenten winkten sie weiter und versuchten den Verkehr zum Fließen zu kriegen.

Bereits nach zwei Minuten trafen die ersten Einsatzfahrzeuge ein, darunter auch mehrere Einheiten der Polizei, die die Arbeit von Nat und Villano übernahmen.

»Komm, lass uns fahren«, sagte Nat zu seinem langjährigen Kollegen. »Wir haben getan, was wir tun konnten, nun müssen wir unseren eigenen Job erledigen. Die Kollegen von der Polizei machen jetzt weiter.«

Villano sah sich noch einmal zu dem Achterbahngerüst um und schüttelte entsetzt den Kopf. »Wie kann so etwas nur passieren?«

Als sie eine halbe Stunde später im Büro eintrafen, sahen Hanson und Grant gebannt auf den Flachbildschirm an der gegenüberliegenden Wand. »Habt ihr das mitgekriegt? Da ist eine der beiden Wagenkolonnen der *New York New York*-Achterbahn abgestürzt! Angeblich sind alle 16 Passagiere tot.«
Nat warf seine Ledertasche auf seinen Schreibtisch und sah zum Fernseher hoch. Die Bilder, die ein Reporterteam aus einem Hubschrauber machte, wurden live übertragen, und das ganze Ausmaß der Katastrophe wurde für alle sichtbar. Auf dem inneren Gelände des Casinohotels sah man die zusammengestauchten Überbleibsel der gelb-blauen Achterbahnwagen, aber auch Trümmer eines Gebäudeteils, das anscheinend auch etwas abbekommen hatte. Dazwischen machten sich die Ein-

satzkräfte, die aus dem Hubschrauber wie kleine Playmobilmännchen wirkten, daran, die Toten zu bergen.

Nat seufzte. »Haben wir«, beantwortete er Grants Frage. »Wir waren quasi live dabei, als es passierte.«

Villano, der sich immer noch leicht unter Schock an seinen Schreibtisch gesetzt hatte, meldete sich zu Wort. »Ich habe genau in dem Moment dorthin gesehen, als die Wagen abstürzten!«

Grant war entsetzt. »Was sagst du da?« Sie stand auf und ging zu ihrem Freund hinüber.

»Die Wagen stürzten plötzlich schräg nach unten ab«, stammelte er weiter.

Hanson sah zu Nat. »Und dann? Konntet ihr helfen?«

Nat, der nicht wusste, ob er direkt an der Unfallstelle eine Hilfe gewesen wäre und sich im Nachhinein doch leichte Vorwürfe machte, setzte sich ebenfalls auf seinen Stuhl. »Wir … wir haben versucht, den Verkehr wieder in Fluss zu bringen, damit die Einsatzkräfte durchkommen konnten.«

»Das war gut, Nat!«, stellte Hanson fest.

»Ja, ich denke, das war alles, was wir machen konnten.«

Grant, die ihre Hand beruhigend auf die von Villano gelegt hatte, sah erneut zum Fernseher. »Doch was war die Ursache für so einen Unfall? Ich denke die Dinger werden ständig kontrolliert und gewartet?« Sie dachte daran, in welchen Fahrgeräten sie als Adrenalinjunkie schon gesessen hatte. Immer hatte sie sich sicher gefühlt und nie einen Gedanken an einen Unfall wie diesen verschwendet.

Nat zuckte mit den Schultern. »Das habe ich auch immer angenommen. Doch Unfälle passieren immer wieder mal.«

So stark ihn dieses Unglück auch mitgenommen hatte, sie mussten trotzdem am aktuellen Fall weiterarbeiten. »Ich weiß, es fällt ein wenig schwer, aber wir haben den Brandfall aufzuklären, bei dem noch viel mehr Leute ums Leben gekommen sind. Keyomi, was hast du über den Hotelbesitzer herausbekommen? Wir wissen inzwischen, dass er verheiratet war.«

Grant verließ Villano und setzte sich wieder an ihren Platz. Sie erweckte ihren schlafenden Computer wieder zum Leben und suchte die passenden Informationen auf ihrem Bildschirm. »Richtig. Jackson O'Connor war 34 Jahre alt und seit vier Jahren mit seiner Frau Milla verheiratet. Das Hotel hatte er vor fünf Jahren von seinem Vater geerbt und es dann erfolgreich weitergeführt. Es wurde anscheinend immer gut gebucht und konnte neben den großen Casinohotels am Strip bestehen. Nicht zuletzt wegen des tollen persönlichen Engagements, das die beiden den Gästen boten. Im Preis war ein großes Frühstücksbuffet inbegriffen und sie hatten immer für alle ein offenes Ohr. Im Bewertungsportal steht außerdem, dass sie gern bei Problemen behilflich waren und, dass sie sogar ab und zu als Trauzeugen bei Hochzeitsfeiern einsprangen.«

»Da fragt man sich doch, wer dem Mann ans Leder wollte«, überlegte Villano laut.

»Aber vielleicht hat er sich trotz aller Harmonie doch selbst das Leben genommen. Wir müssen in alle Richtungen ermitteln«, sagte Nat.

»Während ihr unterwegs gewesen seid, wurde O'Connor übrigens nach unten zur Autopsie gebracht«, sagte Grant.

Nat zog die Augenbrauen hoch. »Den Fotos nach zu urteilen, kann Elijah da nicht mehr viel herausfinden.«

»Das denke ich auch«, pflichtete Villano seinem Chef bei.

»Keyomi, recherchiere doch bitte, mit wem die Familie Kontakt hatte. Familie, Freunde, Feinde – das ganze Programm. Ich könnte mir vorstellen, dass das eine Beziehungstat war. Und du Villano, checkst bitte, ob sie vielleicht doch Schulden …«

Grant unterbrach ihn und zeigte zum Fahrstuhl. »Seht mal! Matt kommt!«

Nat und Villano sahen sich um. Hanson stützte eine Frau, um deren Schultern und Kopf eine Decke gelegt war, und die ein Kleinkind in ihren Armen hielt. An den Füßen trug sie offene weiße Gummischuhe. Er kam langsam näher und setzte die Frau vorsichtig auf seinen Stuhl. Dort saß sie nun wie ein Häufchen Elend. Ihre Augen wanderten rastlos und verängstigt von einem zum anderen, und die Haare, die unter der Decke hervorlugten, waren strähnig und fettig. Ab und zu ging ihr wirrer Blick hinunter zu dem schlafenden Kind, und Nat kam es so vor, als ob sie der Anblick ein wenig beruhigen würde.

Der afroamerikanische Chef des Teams wandte sich an seinen Kollegen. »Matt? Würdest du uns bitte aufklären?«

Hanson nahm Grant eine Flasche Wasser ab, die sie schnell für die Frau aus der Küche geholt hatte. »Ja, klar. Natürlich! Mach ich gleich!«, sagte er und hielt sie der Frau auf dem Stuhl hin. »Hier, für Sie. Sie haben doch bestimmt Durst!« Doch die Frau schüttelte nur leicht ihren Kopf.

»Hm«, brummte der 29-jährige FBI-Agent. »Dann stelle ich sie hier auf den Tisch. Okay?« Anschließend lehnte er sich an seinen Schreibtisch und verschränkte die Arme. »Eben traf ich unten in der Lobby auf Captain Petersen vom Department in der Main Street. Angeblich hat er schon mit unserem Division Chief gesprochen …«

Nat schüttelte den Kopf. »Davon weiß ich nichts, aber ich bin auch gerade erst wieder ins Büro gekommen.«

»Hm. Petersen sagte mir nur, dass diese Frau mit ihrem Kind im Arm völlig durcheinander und konfus über den Strip gelaufen sei. Da die Frau blutige Verbände an Händen und Füßen hatte, hat einer der Passanten die Polizei angerufen …«

»Blutige Hände und Füße?«, unterbrach Grant ihn entsetzt und kam Nat damit nur eine Sekunde zuvor.

Hanson nickte.

»Gehört sie dann nicht eher in ein Krankenhaus?«, fragte Nat zweifelnd.

»Da waren sie schon und wurden ärztlich versorgt. Es geht wohl darum, dass sich Elijah die Wunden nochmal ansieht. Die Ärzte im Krankenhaus wissen nicht genau, wie sie entstanden sind. Sie denken an Misshandlung.«

Alle Blicke der Anwesenden wanderten betroffen zu der Mutter mit ihrem Kind. Sie hatte sich immer mehr zu einer Kugel geformt, wiegte ihr schlafendes Kind und summte dabei leise ein Lied.

»Mir erstellt sich der Zusammenhang nicht. Tut mir leid. Mit Misshandlungsfällen haben wir doch sonst auch nichts zu tun.«

»Elijah soll einfach herausfinden, wie die Wunden entstanden sein könnten, da sich die Dame noch nicht dazu geäußert hat.«

»Das warum und von wem, würde mich ehrlich gesagt mehr interessieren!«

»Ach genau. Petersen sagte noch, dass sie mehrere Gegenstände aus dem abgebrannten Hotel bei sich hatte! Das kam denen auf der Polizeiwache seltsam vor.«

»Aus dem abgebrannten Hotel in der Koval Lane?« Jetzt begriff Nat langsam die Zusammenhänge.

Dann passierte etwas Seltsames. Nachdem Nat den Namen der Straße ausgesprochen hatte, kam die Frau aus ihrer geduckten Haltung etwas nach oben und sah ihn direkt an. Einen kurzen Augenblick schien sie aus ihrer weit entfernten Welt wieder in die Realität eingetaucht zu sein. Sie blinzelte zweimal kurz, dann fiel sie wieder in sich zusammen.

»Okay«, sagte Villano lang gezogen. »Das war jetzt gruselig!«

Nat nickte. »Allerdings.«

Dann wandte er sich an Hanson. »Warum hast du das alles nicht gleich erzählt? Wir haben nämlich den Auftrag bekommen, den Brand aufzuklären«, klärte Nat seinen Kollegen auf.

Hanson fuhr sich über die Stirn. »Aha. Das wusste ich nicht.«

»Und was waren das für Gegenstände? Weißt du das?«, fragte Nat weiter.

»Soviel ich weiß, ein Kugelschreiber und ein Notizblock des Hotels. Ach, und außerdem noch irgendeine Spielkarte.«

»Seltsam. Vielleicht war sie ein Gast.« Nat fand es war nun an der Zeit, sich näher mit der Frau zu beschäftigen, und ging direkt vor ihr in die Hocke.

»Mrs.?«

Er blickte hoch zu Hanson. »Wie heißt sie denn überhaupt?«

»Das ist die nächste Sache. Petersen sagte mir, dass sie überhaupt kaum auf Fragen reagiert, und sie nehmen an, dass sie durch einen Schock ihr Gedächtnis verloren hat. Mit Mühe und Not haben sie die beiden im Krankenhaus versorgen können. – Und ganz ehrlich? Irgendwie kam es mir so vor, als ob Petersen ganz froh war, sie bei uns abliefern zu können.«

»Das ist ja ganz toll!«

Nat wandte sich wieder der Frau zu, die in ihrer Decke und mit dem Kind auf dem Arm fast aussah wie Maria mit dem Jesuskind. »Ich heiße Nat Porter und würde mich sehr gerne mit Ihnen unterhalten. Wir haben dort hinten einen Aufenthaltsraum mit einem Sofa und ein paar Sesseln. Dort könnten Sie auch Ihr Kind bequem hinlegen.«

Die Frau regte sich nicht.

»Hören Sie mich?«, fragte Nat noch einmal nach.

»Vielleicht sollte das besser eine Frau machen«, schlug Grant aus dem Hintergrund vor.

Nat erhob sich, ging langsam auf Grant zu und blieb direkt vor ihr stehen. »Du meinst, das wäre besser, weil sie wahrscheinlich von einem Mann misshandelt worden ist?«

»Ja, genau, das war mein Gedanke. Wenn die Erlebnisse noch so frisch sind, und das scheinen sie ja zu sein, weil die Verbände noch blutig waren, und der Peiniger ein Mann war, wovon man ja ausgehen kann ...«

Nat nickte. »Also, dann mal los, Key!« Gespannt setzte er sich auf seinen Stuhl und trank einen Schluck seines inzwischen kalt gewordenen Kaffees.

Grant ging zu der verhüllten Frau und ging in die Knie, genau wie es vorher ihr Kollege getan hatte. Behutsam fasste sie sie am Arm. »Kommen Sie. Ich bringe Sie zu einem Ort, an dem es für Sie viel bequemer ist.« Die Frau sah auf. Ihr unsicherer Blick sprach tausend Worte. Grant musste nachhaken. Die sonst so quirlige und abgedrehte Frau riss sich zusammen und sprach mit ruhiger, warmer Stimme weiter. »Vertrauen Sie mir! Sie brauchen wirklich keine Angst mehr zu haben. Sie sind außer Gefahr. Niemand wird Ihnen oder Ihrem Kind mehr etwas antun.«

Die Frau sah sie an und schluckte. »Sind Sie sicher?«, sprach sie ihre ersten Worte.

»Ja. Ganz sicher. Sie sind hier unter ganz lieben Menschen. Keiner wird Ihnen hier etwas zuleide tun.« Grant kam aus der Hocke und es gelang ihr, die Frau vorsichtig mit nach oben zu ziehen. »Sehen Sie, es geht doch. Jetzt kommen Sie mit mir und machen es sich bequem. Falls Sie Hunger oder Durst haben ...«

Der Frau nickte urplötzlich. »Ja, habe ich. Und die Kleine bestimmt auch, wenn sie wieder aufwacht«, flüsterte sie verhalten.

Grant streichelte ihr über die Schulter und schob sie immer mehr in Richtung Aufenthaltsraum. »Natürlich, gerne. Wir werden gleich etwas besorgen. Wäre Pasta für Sie in Ordnung? Und für die Kleine ein Gläschen mit Kindernahrung?«

Die Frau nickte schwach.

Hanson war schon in den Startlöchern. »Ich fahre schnell los!«

Nat hatte die ganze Szene ruhig angesehen und wandte sich Hanson zu. »Danke, Matt!«

Nat wurde tagtäglich bewusster, was für ein tolles Team er um sich hatte. Jetzt mussten sie nur noch herausfinden, was der Frau geschehen war.

Er ging hinter Grant und der Frau her. Sie erreichten den gemütlichen Aufenthaltsraum und Grant führte die Frau zu dem Sofa. Sie setzte sich und nun rührte sich auch das Kind zum ersten Mal. Es erwachte, öffnete die Augen und gähnte, doch als es sich umsah und die vielen fremden Leute sah, fing es augenblicklich an zu schreien. Die Mutter nahm es hoch, setzte es auf ihren Schoss und versuchte, es zu beruhigen. Ein Geruch, der ihm mittlerweile nur zu bekannt war, stieg Nat in die Nase.

»Ui, ich denke, da ist eine neue Windel fällig!«, sagte er lachend.

Die Frau nickte und sah erstaunt nach oben.

»Ich bin auch vor drei Wochen Vater geworden, wissen Sie?«

Die Frau rang sich schüchtern ein Lächeln ab. »Wirklich?«

»Ja wirklich!« Nat zückte seine Brieftasche, öffnete sie und zog ein Foto heraus, welches Cindy und Sheila kurz nach der Geburt zeigte.

Die Frau nickte ihm schüchtern zu.

Nat griff zu seinem Handy und wählte Hansons Nummer.

»Matt? – Kannst du bitte noch Windeln für ein … warte mal bitte kurz!«

Nat wandte sich an die Frau. »Wie alt ist Ihr Kind?«

»Elf Monate«, antwortete die Frau, ohne den Blick von dem Kind zu nehmen.

»Also besorge bitte Windeln für ein elf Monate altes Kind und alles, was man da noch so braucht. – Was alles? Auf jeden Fall noch Feuchttücher, und bring doch noch ein kleines Spielzeug für die Kleine mit. Der Rest findet sich später.«

Die Frau sah ihn dankbar an. Anscheinend fasste sie langsam Vertrauen. Sie wirkte eindeutig entspannter.

Nat setzte sich ihr gegenüber in den Sessel. »Wie heißt denn Ihre Tochter?«

»Sie heißt Michele.«

Das war interessant. An ihren eigenen Namen konnte sie sich nicht erinnern, aber an den ihres Kindes schon, und sie wusste auch, dass es elf Monate alt war.

Auch Grant hatte aufmerksam zugehört und war schon auf dem Sprung zu ihrem Computer. »Ich prüfe mal eben die Geburtsregister der Stadt nach dem Namen. Vielleicht kommen wir damit weiter.«

»Okay, mach das«, sagte Nat. »Und ruf bitte Elijah an, damit er sich die Wunden ansieht, bevor sie noch mehr abheilen.«

Das Kind hatte sich inzwischen wieder ein wenig beruhigt und die Mutter ließ es auf ihren Knien hüpfen.

»Darf ich Ihnen jetzt noch ein paar Fragen bezüglich der letzten Tage stellen?«

Ein verhaltenes Nicken war die Antwort.

»Woran erinnern Sie sich noch? Was ist passiert, bevor man Sie auf dem Strip aufgelesen hat?«

Die Frau schüttelte den Kopf. »Daran kann ich mich nicht erinnern.«

»An gar nichts?«

»Nein.«

Nat schnaufte unzufrieden.

Grant kam im gleichen Moment wieder in das Zimmer. »Ich habe direkt einen Treffer gelandet! Hier, Nat!« Sie reichte ihm einen Zettel, auf dem ein Name stand und alles, was sie in der Kürze der Zeit noch herausgefunden hatte.

Nat war erstaunt, hob die Augenbrauen und sah zu Grant. »Wirklich?«

Grant nickte.

»Was ist denn?«, fragte Villano neugierig.

Nat kratzte sich an der Stirn und sah kurz zu der Mutter mit dem Kind hinüber. Sie machte erneut einen absolut abwesenden Eindruck. Im Glauben, dass sie die Information nicht mitbekommen würde, sagte er: »Sie heißt Milla O'Connor und ist die Mitinhaberin des abgebrannten „Mayflower Hotel“!«

Er hatte sich anscheinend geirrt, denn urplötzlich änderte sich die Situation. O'Connor fing an zu zittern, ihr Gesicht wurde von einer zur anderen Sekunde rot, Schweiß bildete sich auf ihrer Stirn und sie wurde panisch. Das Kind auf ihren Knien drohte abzurutschen, und Grant sprang schnell herbei, um es sicher in ihre Arme zu nehmen.

»Vorhin hat sie auch schon auf den Namen der Straße reagiert, aber nicht so stark!«, rief Nat, während er versuchte Milla O'Connor zu beruhigen. Die Kraft, die sie plötzlich entwickelte, überraschte den FBI-Agenten. »Vielleicht beginnt sie nun sich zu erinnern!«

»Das kann gut sein«, äußerte sich plötzlich eine ältere Stimme. Elijah Jenkins war in diesem Moment ins Zimmer gekommen, erfasste in Windeseile die Situation und öffnete noch im Laufen seine Tasche. Dann zog er eine Spritze mit einem Beruhigungsmittel auf und injizierte es der mittlerweile tobenden und schreienden Frau in den Arm.

Nat, der sie mittlerweile kraftvoll umklammern musste, damit sie sich und andere nicht gefährdete, hielt sie noch für einige Sekunden und ließ sie langsam in das Sofa zurückgleiten, als er merkte, dass das Mittel wirkte.

»Wow! Keine Sekunde zu spät, Elijah!«, lachte er den alten Pathologen erleichtert an.

»Ja. Zum Glück war ich da. Keyomi erzählte mir am Telefon von dem Fall und sagte, es wäre dringend. Da habe ich ihren Mann in die Kühlkammer gerollt und bin gleich gekommen.«

Der Mann mit dem grauen Bart und der Nickelbrille setzte sich auf einen der Sessel und sah zu der Frau, die jetzt sehr ruhig geworden war und leicht abwesend zu ihrem Kind auf Grants Arm schaute.

»Wie lange wird sie jetzt so sein, Elijah? Ich müsste sie eigentlich dringend zu dem Brand befragen«, sagte Nat mit leiser Stimme.

»Nicht lange«, brummte der alte Mann, der einen leichten Hang zum Bauchansatz hatte. »Vielleicht wäre jetzt der richtige Zeitpunkt, kurz nach ihren Wunden zu sehen. Die Verbände müssen sowieso gewechselt werden.«

»Ja, bitte. Mach das, Elijah! Je eher wir wissen, was die Wunden herbeigeführt hat, umso besser.«

Jenkins machte sich an die Arbeit, setzte sich zu Milla O'Connor auf das Sofa und klärte sie darüber auf, was er vorhatte. Während der Pathologe die Verbände vorsichtig entfernte, sprach Nat weiter.

»Anscheinend hat diese Frau eine Art Teilamnesie. Sie erinnert sich an alles, was ihre Tochter betrifft, aber nicht an ihren Namen und an die letzten Tage.«

»Das ist nicht selten, wenn sie Schreckliches durchgemacht hat. Was ist mit der länger zurückliegenden Vergangenheit?«

»Danach haben wir noch nicht gefragt. Wir sind gar nicht dazu gekommen.«

»Starten wir doch mal einen Versuch«, schlug Jenkins vor.

»Milla?«

»Ja?«, fragte sie schwach und ließ sich weiter von dem älteren Mann untersuchen.

Mein Gott, sie sieht so schlecht aus, dachte Nat, während er den beiden zusah. *Was sie wohl durchgemacht hat?*

»Wo sind Sie als Kind aufgewachsen? Wissen Sie das noch?«

»San Diego. Little Italy. Meine Eltern führten dort damals ein kleines italienisches Restaurant.«

»Das hört sich gut an, Milla. Und Sie waren dort sicher sehr glücklich, oder?«

»Ja, sehr.« Die Erinnerung zauberte ein kleines Lächeln auf ihre Lippen.

»Kannst du schon etwas zu den Wunden sagen, Elijah?«, mischte sich Nat in das Gespräch ein.

Jenkins nahm neues Verbandmaterial aus seiner Tasche und schüttelte den Kopf. »Nein, es ist zu spät, um zu erkennen, wodurch die Verletzungen hervorgerufen wurden. Die Wundheilung ist zu stark fortgeschritten. Ich sehe nur, dass es sich um mehrere kleine und tiefe Löcher gehandelt haben muss, die aber, wie gesagt, mittlerweile gut verheilen.« Er sah Nat über seine Nickelbrille hinweg an.

»Mist! Kannst du dir die Kleine auch nochmal ansehen?«

Jenkins sah zu dem kleinen Mädchen auf dem Arm von Grant und nickte. »Ja klar, das mache ich.«

»Und was ist mit der Amnesie?«, hakte Nat noch

einmal nach.

»Das ist ja, wie du weißt, nicht mein Fachgebiet. Damit sollte sich ein Fachmann beschäftigen.«

Nat nickte. »Gut. Ich kümmere mich darum.«

»Um was kümmerst du dich?«, fragte Hanson und drängte schwer bepackt in den Raum.

»Sie sprachen über die Amnesie der Frau«, erklärte Grant.

»Ah, okay.« Hanson stellte seine Taschen auf den Tisch, der vor dem Sofa stand, holte eine kleine Spielzeuggiraffe aus der einen Tüte und hielt sie Michele hin.

»Ich wäre dann erst einmal soweit fertig, Nat«, sagte Jenkins. »Bei der Kleinen, sieht es gesundheitlich ganz gut aus. Sie ist nicht weiter behandlungsbedürftig.« Er nahm seine Tasche und streichelte der kleinen Michele noch einmal über die Wange. »Ich bin wieder im Autopsiesaal zu finden, falls ihr mich sucht! Dort wartet ihr bedauernswerter Ehemann auf mich.«

»Danke, Elijah!«

Der Pathologe, der nicht mehr lang bis zur Pensionierung hatte, winkte, während er den Raum verließ. »Gerne!«

Nat klatschte kurz in die Hände. »Gut«, rief er. »Das Mädchen bekommt erst einmal eine neue Windel, dann gibt es für die beiden etwas zu essen, und danach befassen wir uns gemeinsam mit einem Fachmann mit der Auflösung der Blockade.«

Drei Stunden später schloss Nat die Haustür zu seinem Appartement auf. »Schatz? Bist du da?«, rief er und zog an der Garderobe seine Schuhe und die Lederjacke aus.

»Ja! Wir beide sind im Wohnzimmer!«, rief Cindy.

»Ah gut! Kannst du bitte mal kommen?«, fragte Nat verhalten.

»Geht jetzt schlecht. Ich stille gerade. Kannst du nicht kommen?« Der Blick der jungen Mutter ging erwartungsvoll in Richtung Wohnküche, die sich direkt an das Wohnzimmer anschloss.

Eine Sekunde später fiel ihr die Kinnlade herunter.

»Cindy? Darf ich dir vorstellen? Das ist Milla O'Connor mit ihrer Tochter Michele.«

»Ähm«, sagte sie, im ersten Moment fast sprachlos vor Überraschung. Noch nie hatte ihr Freund unangekündigt Besuch mitgebracht. Sie sah noch einmal genauer hin ... schon gar nicht so einen heruntergekommenen. Was hatte das zu bedeuten?

4

1978. Lautes Schreien erfüllte plötzlich die Wohnung und der fünfjährige Stephen, der friedlich in seinem Bettchen geschlafen hatte, erwachte. Was ist da los?, dachte er verschlafen, setzte sich auf und rieb sich mit den Fingern die Augen.

»Gib schon her, den Scheiß!«

Es war eine Stimme, die er nicht kannte. Unentschlossen sah er zur Tür. Was sollte er tun? Lieber im Bett bleiben und warten, bis der Trubel im Wohnzimmer seiner Eltern vorbei war, oder nachsehen, was dort bei den Erwachsenen vor sich ging?

»Ich werde ihn jetzt prüfen, und gnade dir Gott, wenn er nicht gut ist!«, sagte die fremde Stimme.

Wen will er prüfen, fragte sich Stephen. Wovon reden die?

»Setz' dich dort in den Sessel!«

Stephens Neugier war nun soweit geweckt, dass er es nicht mehr im Bett aushielt. Er rutschte von der hohen Bettkante und setzte vorsichtig einen Fuß nach dem anderen auf den Boden. Mit leisen, kleinen Schritten tastete er sich im Dunkeln vor und trat dabei auf ein kleines Spielzeugauto. »Autsch!« Wütend stieß er es zur Seite, wobei auch noch ein paar am Boden liegende Spielkarten mit durch die Gegend geschleudert wurden.

Unschlüssig sah er zur Tür. Sollte er wirklich? Er ging weiter, drückte die Klinke herunter und öffnete die Tür einen Spalt. Sein Atem ging schneller und sein kleines Herz pochte. Wer sprach da so mit seinem Dad? Sehen konnte er nicht viel. Nur die gegenüberliegende Wand im Flur. Das war sehr unbefriedigend.

»Gib mir das Messer, Freddy!«

»Ja, warte kurz! – Hier!«

Ein Messer? Wofür? Er schluckte hart.

»Lasst ihn in Ruhe!«, hörte er plötzlich seine Mutter

rufen. Es war mehr ein Lallen. Wahrscheinlich hatte sie gar nicht mitbekommen, dass sie Besuch hatten, und war gerade eben erst aufgewacht.

»Halt' s Maul, Schlampe!«

Nervös und mit einem flauen Gefühl im Magen tippelte der kleine Junge von einem Fuß auf den anderen. So langsam wurde ihm die ganze Situation unheimlich und er konnte nicht nachvollziehen, was sich dort in dem anderen Zimmer abspielte. Sein Blick wanderte zum Bett zurück und er war versucht, wieder zurückzugehen und sich unter der Bettdecke zu verkriechen oder sich sogar direkt unter dem Bett zu verstecken.

»Hier probier' mal, Freddy. Der will uns übers Ohr hauen!«

Dann hörte er seinen Vater. »Nein! Das ist guter Stoff! Nicht gestreckt und gar nichts!« Sein Tonfall klang nicht souverän. Nicht so, wie wenn er ihn anschrie, kurz bevor er eine Ohrfeige bekam, sondern anders, eher kläglich. Stephen presste seine Lippen fest aufeinander und fasste den Entschluss nachzusehen, wer den Mut hatte, so mit seinem Vater zu reden. Er zog die Tür weiter auf, trat in den mit grünem Teppich ausgelegten Flur und tastete sich langsam mit dem Rücken zur Wand weiter vor. Schließlich blieb er stehen, weil er gemerkt hatte, dass er nun über den Spiegel an der gegenüberliegenden Wand in das Wohnzimmer blicken konnte. Sein Vater saß in dem alten Ohrensessel und blickte auf eine Stelle, die er selbst nicht direkt sehen konnte.

Wenn ich ihn sehen kann, muss er mich doch auch sehen können, dachte Stephen. Er hob den Arm und winkte seinem Vater zu. Und tatsächlich! Sein Vater schien seine Bewegung wahrgenommen zu haben, denn er drehte ihm leicht sein Gesicht zu, sah ihn an und … schüttelte fast unmerklich und mit einem strengen Gesichtsausdruck seinen Kopf. Stephen biss sich auf die

Lippen. Was hieß das? Was sollte er tun?

»Du hast recht, Mike! Das ist der letzte Scheißdreck!«

Stephen sah, wie sich ein Mann zwischen die gespreizten Beine seines Vaters stellte und ihm den Lauf einer Pistole direkt an den Kopf hielt.

Der kleine Junge hielt die Luft an. Der Mann hatte nicht nur ein Messer, sondern auch noch eine Pistole!

»Nein! Nicht!«, hörte er seine Mutter panisch schreien.

Stephen starrte in den Spiegel, unfähig seinen Blick abzuwenden. Er sah, wie der Mann mit den schwarzen Lederhosen einen Schritt zurückging und seine Pistole herunternahm.

»Du hast recht!«

Er sah seinen Vater aufatmen.

»Erledige du das, Freddy! Und zwar beide!«

Der Mann trat zurück und ein weiterer tauchte in Stephens Blickfeld auf. Dann fielen in kurzem Abstand mehrere laute Schüsse, helle Blitze tauchten im Spiegel auf. Stephen erschrak. Seine Hände wanderten reflexartig zu seinen Ohren und sein kleiner Körper duckte sich automatisch zusammen.

»Lass uns abhauen!«, hörte er dumpf die Stimme des eines Mannes. »Und nimm den Stoff mit. Vielleicht können wir ihn ja an irgendeinen runtergekommenen Junkie verticken.«

Dann nahm er schwere Schritte und das Zuschlagen der Haustür wahr. Sie waren weg! Der Junge war jedoch unfähig, sich zu bewegen. Sein Herz schlug so hart gegen seine Brust, dass er es fast nicht aushielt. Er öffnete seine Augen und sein Blick fiel auf seine Schlafanzughose. Sie war nass! Er hatte sich eingepinkelt! Das würde sicher Ärger mit seiner Mutter geben! Er seufzte, dann nahm er die Hände von seinen Ohren, erhob sich langsam und wagte einen Blick in den Spiegel.

Es herrschte vollkommene Stille. Sein Vater saß immer noch im Sessel, doch sein Kopf war zur anderen Seite geneigt.

»Papa?« Er machte einen Schritt, dann den nächsten. »Mama?« Niemand antwortete ihm. Mit Bedacht ging er weiter den Flur entlang, bis er schließlich mitten im Wohnzimmer stand. Und dann sah er zum ersten Mal in seinem Leben das pure Grauen! Blut! Alles war voll mit Blut!

5

Las Vegas
Donnerstag, 29. Dezember

Gegen acht Uhr morgens schien die Sonne nur schwach in die Wohnküche. Nat, Cindy und O'Connor saßen auf den Barhockern am Küchen-tresen und frühstückten. Cindy, die sich nach dem Aufstehen einen lockeren Jogginganzug übergezogen hatte, ging zur Kaffeemaschine und nahm die Kanne in die Hand. »Möchten Sie noch einen Kaffee, Mrs. O'Connor? Sie sehen so aus, als ob Sie noch einen gebrauchen könnten, nach der Nacht.«

Milla O'Connor nickte. »Gerne, aber nennen Sie mich doch bitte Milla. So lautet ja anscheinend mein Name, wie man mir sagt.«

Cindy schenkte ihr einen Kaffee ein. »Okay. Dann sage ich Milla. Ich bin übrigens Cindy.«

»Vielen Dank, Cindy! Nicht nur für den Kaffee, sondern auch für Ihre Gastfreundschaft.«

Cindy lächelte. »Unter Müttern muss man sich ja helfen, oder?«

Nat atmete erleichtert aus. *Gut,* dachte er. *Sie raufen sich zusammen.* Am Abend zuvor hatte nach der Vorstellung O'Connors nicht so eine gute Stimmung geherrscht. Er hatte Cindy zwar diskret zur Seite genommen und ihr die Situation der armen Frau erklärt, und sie hatte auch Verständnis für sie aufgebracht, jedoch war sie auch mit den veränderten Umständen, die dieser Besuch mit sich brachte, überfordert. Verständlicherweise, musste er zugeben, bedachte man, dass sie selbst erst vor kurzem Mutter geworden war und mit den ganzen Umständen, die so ein Baby mit sich brachten, erst umzugehen lernen musste. Und dann schleppte er eine wildfremde Frau an, überdies mit Kleinkind, die mitten in einem Trauma steckte. Doch was hätte er anderes machen können? Sie hatte ihn eine halbe Stunde lang regelrecht angefleht, mit zu ihm, seiner Freundin und dem Baby kommen zu dürfen, und sich geweigert, irgendwo anders untergebracht zu werden. Nun waren sie bei ihnen, und er würde sich demnächst eine andere Lösung einfallen lassen.

Cindy setzte sich wieder und bestrich sich einen weiteren Toast mit Konfitüre. Sie sah kurz zu Nat. »Und wie geht es jetzt weiter?«

Nat räusperte sich und sah auf seine Armbanduhr. »Es ist gleich acht. Das heißt, Matt und Dr. Carson, die Therapeutin, müssten jeden Moment hier auftauchen, um ...« Es klingelte an der Haustür. »Oh! Das sind sie sicher«, sagte er, stand auf und ging zur Haustür, betätigte den Türöffner und öffnete die Tür einen Spalt. Dann kam er zurück zu den beiden Frauen. »Dr. Carson wird versuchen, der Amnesie auf den Grund zu gehen.«

Kurze Zeit später klopfte es an der Tür und Matt Hanson betrat zusammen mit der Therapeutin die Wohnküche. »Guten Morgen, alle zusammen!«, grüßten beide, wie aus einem Mund.

»Guten Morgen!«

»Sind wir zu spät? Es war soviel Berufsverkehr auf dem Highway«, erklärte Hanson, während sich Dr. Carson Cindy und Milla O'Connor vorstellte.

»Nur die Ruhe. Wir frühstücken noch«, begrüßte Nat seinen Kollegen.

Cindy ging zu Hanson und hauchte ihm links und rechts einen angedeuteten Kuss auf die Wange. »Hi Matt, schön dich zu sehen! Will noch jemand einen Kaffee? Es ist noch welcher da.«

Dr. Carson schüttelte verneinend ihren Kopf. »Für mich nicht. Danke.«

»Einen Kaffee nehme ich gerne«, sagte Hanson.

Dann wandte er sich an Milla O'Connor. »Und wie geht es Ihnen? Konnten Sie schlafen?«

O'Connor nickte. »Ich fühle mich fast wie neugeboren.«

Hanson nickte. »Das ist gut.«

Cindy drückte ihm einen Becher mit schwarzem Kaffee in die Hand. »Ich fürchte, sie übertreibt. Unser kleines Fräulein meinte nämlich mal wieder, in der Nacht Terror machen zu müssen.«

Nat hatte keine Ruhe für Smalltalk. »Kommen Sie bitte, Dr. Carson. Ich zeige Ihnen, wohin Sie sich mit Mrs. O'Connor zurückziehen können. Es tut mit leid, dass wir Ihnen diese Umstände machen, aber sie will zur Zeit nirgendwo anders hin, und da wir überhaupt nicht wissen, was ihr widerfahren ist, ist es für uns erst einmal okay, wenn sie hier bleibt.«

Dr. Carson nickte verständnisvoll. »Ja, das scheint ein Spezialfall zu sein, und für mich ist es gar kein Problem. Ich kann die psychologischen Sitzungen und die Therapie der Amnesie an jedem Ort durchführen.«

Eine Stunde später saßen Nat und Hanson mehr oder weniger desillusioniert im Wagen und fuhren in Richtung des FBI-Büros.

»Das war wohl nichts«, sagte Nat enttäuscht und sah Hanson mit seinen durchdringenden grünen Augen an.

Hanson zuckte mit den Schultern. »Man kann nicht erwarten, dass Dr. Carson schon bei der ersten Sitzung Erfolg hat. Sie ist den tödlichen Flammen vielleicht nur knapp entkommen.«

»Und was ist mit den Verletzungen? Tiefe Löcher? Wie soll Milla O'Connor die bekommen haben?«, grübelte Nat.

»Nun gut, die Misshandlungsvermutung steht auch noch im Raum. Wie auch immer, müssen wir die Frau dazu kriegen, dass sie sich erinnert.«

Inzwischen waren sie auf dem Parkplatz des FBI-Geländes angekommen und Nats Telefon begann zu klingeln. Auf dem Display erkannte er Grants Namen. »Keyomi? Was gibt es? – Okay«, sagte er lang gezogen. »Wir sind schon so gut wie da. Gib uns eine Minute!« Dann legte er auf.

Hanson stieg aus und klappte seine Tür zu. »Was ist denn? Was wollte Key?«

»Wir sollen so schnell wie möglich nach oben kommen. Dort wartet wohl eine Überraschung auf uns.«

Nat und Hanson fuhren im Fahrstuhl nach oben und betraten wenig später das Büro. Schon von weitem sahen sie die Überraschung, von der Grant gesprochen hatte.

Sie gingen näher heran. Nat stupste Hanson am Arm. »Kneif mich mal! Siehst du das, was ich sehe?«

»Ich glaube schon. Das kann doch nicht sein!«

Grant, die an diesem Tag einen auffällig gepunkteten Minirock und ein oranges Top anhatte, kam aufgeregt auf sie zu. »Da seid ihr ja endlich! Seht mal!« Sie zeigte auf den Stuhl, der vor ihrem Computer stand. »Petersen hat sie vor einer Viertelstunde hierher gebracht! Er sagte, sie wäre genau wie Milla O'Connor heute Morgen verwirrt auf dem Strip rumgelaufen und kaum ansprechbar gewesen. Sie wurde jedoch mit ihrem Kind direkt von der Polizei aufgegriffen, und auch sie weist schwere Verletzungen auf und kann sich nicht an ihren Namen erinnern!«

Nachdem Grant ihren Redeschwall beendet hatte, brauchte Nat erst einmal eine Sekunde um sich zu fassen. Was war das? Noch eine Frau mit derselben Geschichte? Das was war doch kein Zufall mehr!

»Okay, okay«, stammelte er. »Hatte sie irgendetwas bei sich, das sie identifiziert? Hast du schon versucht, mit ihr zu reden?«

Grant machte eine Blase mit ihrem Kaugummi. »Das einzige, was ich bisher aus ihr herausbekommen habe, ist, dass ihre Tochter ebenfalls 11 Monate alt ist und Layla heißt.«

»Und ihr eigener Name?«

Grant schüttelte ihren Kopf. »Nein, den weiß sie nicht.«

»Dann versuch es wie gestern über das Geburtsregister. Layla ist ja kein so häufiger Name. Meinst du, ich kann sie ansprechen?«

Grant sah ihn ernst an. »Ganz ehrlich? Ich glaube, das macht keinen Sinn. Lass sie erst nochmal ein wenig bei mir sitzen. Außerdem wollte Petersen dich nochmal persönlich anrufen und dir erzählen, was sie im Krankenhaus bisher diagnostiziert haben. Und Elijah soll ...«

Nat nickte. »Okay. Ich kann mir schon denken, was du sagen willst. Weißt du, ob er schon im Haus ist?«

»Ja, der ist vorhin mit mir zusammen gekommen. Er sagte mir, dass er O'Connor gestern noch auf dem Tisch hatte, aber da war wohl tatsächlich Hopfen und Malz verloren.«

»Ich rufe ihn an, damit er sich die beiden ansieht.« Er zeigte auf den einfachen Liegebuggy, den wohl jemand organisiert hatte. »Schläft das Kind?«

»Ja. Bis jetzt schon.«

Nats Telefon klingelte. Er ging zu seinem Schreibtisch und ging ran. »Special Agent Porter. – Petersen. Schön, dass Sie sich melden. Würden Sie mir bitte erklären, was es mit der Frau auf sich hat? – Aha. Okay. Und weiter?« Nat hörte konzentriert zu und sah immer wieder mal zu der Frau, die bei Grant saß. »Und was denken Sie, soll ich jetzt mit ihr machen? Ich habe die Frau von gestern schon bei uns einquartiert ... – Ah, das ist meine Angelegenheit. Na, vielen Dank auch! – Ja. Sie auch. Bye.«

Hanson kam an seinen Tisch und reichte ihm einen Becher mit Kaffee.

»Danke.«

»Was sagt Petersen?«, fragte Hanson und nippte an seinem eigenen Kaffee.

Nat lehnte sich in seinem Stuhl zurück und verschränkte die Arme. »Ich weiß nicht. Irgendetwas geht hier vor sich.«

Hanson zog verwundert die Augenbrauen hoch. Hatte sein Chef ihn überhaupt gehört? »Nat? Was hat Petersen gesagt?«

»Die Dame dort drüben ist nicht einfach nur den Polizisten am Strip in die Arme gelaufen, sondern sie ist direkt in die Absperrung des Unfalls beim *New York New York* gestolpert.«

»Denkst du beides hat miteinander zu tun? Oder ist das Zufall?«

»Keine Ahnung. Das müssen wir noch herausfinden. Auf jeden Fall weist sie auch Verletzungen auf, die auf eine starke Misshandlung hindeuten. Irgendwelche seltsamen Brandwunden. Mehr hat er nicht gesagt, dieser Depp!«, sagte er ärgerlich. Er griff zum Telefon und wählte eine Nummer. »Elijah? – Kommst du bitte mal nach oben? Ich habe hier schon wieder eine Mutter mit Kind. Misshandelt. – Bis gleich!« Er legte auf und suchte in seinem Telefondisplay nach einer weiteren Nummer.

»Wen rufst du jetzt an?«, fragte Hanson interessiert.

»Eine befreundete Sozialarbeiterin. Die soll sich um die beiden Frauen mit den Kindern kümmern und sie adäquat unterbringen. Das hätte ich gestern schon machen sollen.«

Eine halbe Stunde später hatte Jenkins seine Untersuchungen, die Mutter und Kind sehr friedlich im Beisein von Grant über sich ergehen ließen, abgeschlossen. Er packte seine Utensilien in seine Tasche und ging hinüber ins Großraumbüro zu Nats Schreibtisch.

»Und? Ist die Wundheilung wieder zu weit fortgeschritten?«, fragte Nat und rechnete mit demselben Ergebnis wie am gestrigen Tag.

Der Pathologe stellte sachte und langsam seine große Ledertasche auf dem Tisch ab und seufzte. Es fiel ihm sichtlich schwer zu sprechen. »Ganz ehrlich? Ich bin schwer enttäuscht von meinen Kollegen im Krankenhaus. Ich kann ehrlich gesagt nicht verstehen, warum man sie nicht dabehalten hat! Der Zustand dieser Frau ...« Ihm fehlten die Worte.

Hanson schob ihm einen Stuhl hin. »Hey, komm setz' dich erst einmal!«

Jenkins ließ sich auf dem Stuhl nieder, nahm seine Nickelbrille ab und strich sich über die Augen.

»Geht es wieder?«, fragte Nat besorgt.

Jenkins nickte und sah ihn mit einem traurigem Gesichtsausdruck an. »Ja. Geht schon. Es ist nur … Die Verletzungen sind … sind so schwer!«

Nat wollte Jenkins nicht drängen, aber er musste wissen, womit er es zu tun hatte.

Doch Jenkins sprach von alleine weiter. »Die Verletzungen sind schlimm. Sehr schlimm! Und sie wurden eindeutig von einem Sadisten ausgeübt!«

»Wirklich?«, fragten Hanson und Nat gleichzeitig und waren entsetzt.

Jenkins nickte. »Ja. Das geht weit über eine normale Misshandlung wie Schläge oder dergleichen hinaus. Man hat sie an mehreren Stellen mit einem Bügeleisen verbrannt.«

»Was sagst du da?«

»Es gibt Stellen, da hat der Täter es nicht so lange auf dem Körper gelassen und auf anderen … länger.«

Nat musste schlucken. »Du sagtest: „Man hat sie“ – Meinst du damit die Mutter?«

Jenkins sah ihn ernst an. »Nein, das Mädchen hat auch so eine Brandwunde.«

»Oh Gott!« Nat schloss die Augen. *Was gibt es bloß für Menschen auf dieser Welt?*

»Aber das ist ja nicht alles! Außerdem wurden beiden Wunden beigebracht, die aussehen, als ob sie mit einer Bohrmaschine oder ähnlichem ausgeführt worden wären.«

»Mit einer Bohrmaschine? Bist du sicher?«, fragte Hanson mit fahlem Gesicht.

Jenkins holte tief Luft. »Ziemlich. Ich hab solche Wunden schon einmal gesehen, jedoch nur bei einem Toten, und da gingen sie bis auf den Knochen, und man konnte es nachweisen. Aber hier ging es nur tief ins Fleisch des Oberschenkels. Sie müssen unsäglich gelitten haben! Die Muskeln sind an den Stellen regelrecht zerfetzt.«

»Was für ein Shit! Wie können die Ärzte in dem Krankenhaus sie mit solchen Verletzungen entlassen? Was sind das für Idioten?«, rief Nat laut und schlug mit der flachen Hand auf den Tisch. Kollegen aus anderen Teams sahen irritiert zu ihnen herüber.

»Wahrscheinlich haben sie nur die Wunden versorgt und sie wieder entlassen, weil sie zahlungsfähigere Kunden hatten. An einer Jane Doe ohne Kreditkarte verdienen sie nichts«, warf Hanson ein.

»Das ist wahrscheinlich die bittere Wahrheit«, gab Jenkins Hanson recht. »Da ist aber noch etwas ...«

»Ja?«

»Diese Bohrloch-Wunden erinnern mich sehr an die von Mrs. O'Connor, nur dass die schon besser verheilt waren.«

Nat wusste selbst nicht, ob er von dieser Aussage überrascht war oder nicht. Insgesamt ähnelten sich die Umstände stark, in denen sich beide Frauen mit ihren Kindern befanden. Das konnte kein Zufall sein.

»Denkst du, die Taten wurden von derselben Person begangen?«, fragte er Jenkins.

»Das kann ich mir sehr gut vorstellen, Nat.« Jenkins stand auf. »Was hast du jetzt mit den beiden Frauen und ihren Kindern vor?«

»Keyomi arbeitet gerade mit Hochdruck daran, die Identität der beiden herauszufinden, und dann kommt hoffentlich bald eine Freundin von mir. Sie heißt Clarice Tanner. Sie ist Sozialarbeiterin und Profi darin, sich solcher Fälle anzunehmen. Ich kann die beiden schließlich nicht auch noch bei uns aufnehmen. Das war gestern schon suboptimal.«

Hanson lachte matt. »Das kann ich nachvollziehen, bei eurer Situation zu Hause.«

Nat nickte. »Wie dem auch sei, wir müssen erst mal herausfinden, was die beiden verbindet, nur dann kommen wir dem Peiniger eventuell auf die Spur.«

»Und auch der Frage, ob der Brand und der Achterbahnunfall etwas damit zu tun haben.«

Jenkins nahm seine Tasche und brummelte: »Ich geh dann mal wieder und ich hoffe, diese Clarice Tanner ist gut in ihrem Job.«

»Das ist sie, Elijah. Vertrau' mir! Mach's gut!«

Jenkins war gerade gegangen, als Joe Villano im Büro auftauchte. Er ging zu seinem Platz, hängte sein gelbes Jackett ordentlich über seine Stuhllehne und kam dann zu Nat und Hanson herüber. »Hi Leute! Na, wie sieht es aus?«

»Es gibt jede Menge Neuigkeiten. Du wirst dich wundern. Aber erzähl du erst mal!«

Villano machte einen überraschten Gesichtsausdruck. »Okay! Ja, da Matt es ja gestern nicht mehr geschafft hatte, bin ich heute morgen direkt ins Krankenhaus gefahren, um mit den zwei Überlebenden des Brandes zu reden. Doch leider ...«

»Jetzt sag nicht, dass sie auch verstorben sind!«

Villano nickte. »Doch, leider ist es so.«

»Also fallen aus dieser Quelle jegliche Informationen über die Familie weg.«

»Könntet ihr mich jetzt bitte mal aufklären, welche Neuigkeiten es hier gibt?«, verlangte Villano.

Nat erzählte ihm in knappen Worten von der Frau mit ihrem Kind und den Umständen, unter denen sie zu ihnen gekommen war.

Villano sah ungläubig in Richtung Aufenthaltsraum. »Ist das euer Ernst? Das hieße ja, dass wir jemanden suchen, der alle vier in seiner Gewalt hatte.«

»Und da die Wunden von Milla O'Connor eindeutig älter sind, hatte er sie, wenn es überhaupt ein „er" ist, länger bei sich ...«

»Oder er hat sie einfach früher gefoltert«, beendete Hanson den Satz.

»Irgendwie kriege ich das alles nicht zusammen«, sagte Villano, ging zu der durchsichtigen Stellwand und nahm einen Stift zur Hand. Dann zeichnete er ein Haus und schrieb das Datum vom gestrigen Tag darüber. »Das Mayflower brennt ab, 31 Menschen inklusive Hotelbesitzer sterben.«

Nat nickte. »Kurze Zeit später taucht eine verwirrte Frau mit Kind auf, die eine Teilamnesie hat, wodurch auch immer. Es stellt sich heraus, dass sie Milla O'Connor heißt und die Frau des Hotelbesitzers ist. Sie wurde wahrscheinlich festgehalten und mit einer Bohrmaschine gefoltert.«

Villano machte weiter. »Die „Jane Doe" hinten im Aufenthaltsraum ist auch am gestrigen Tag, allerdings in der Nähe der Achterbahn-Unfallstelle aufgetaucht. Mit den gleichen und noch weiteren Foltermerkmalen.«

Nat stand gerade auf und sah sich Villanos Aufzeichnungen an, da kam Grant zu ihnen. »Die

„Jane Doe“ könnt ihr streichen! Sie heißt Melanie Dearing, ist 32 Jahre alt und wohnt mit ihrem Mann Jim in Henderson.«

Nat überlegte. »Gut, dann machen wir jetzt Folgendes: Key, du bleibst bei Mrs. Dearing und ihrem Kind, während Matt sich darum kümmert, dass Dr. Carson kommt, damit sie Mrs. Dearing ebenfalls psychologisch betreuen kann. Wenn dann noch Zeit ist, sieh' zu, ob du noch etwas über die Familie in Erfahrung bringen kannst. Ebenso über die O'Connors. Jede Information ist wichtig!«

»In Ordnung«, sagte Grant.

»Okay. Gut. Ich fahre jetzt zum Haus der Dearings und hoffe, den Mann dort anzutreffen. Er zählt ebenfalls zu den Verdächtigen. Vielleicht ist er unser Sadist.« Er drehte sich zu Villano um. »Joe? Du forschst bitte mal nach, was es mit dem *New York New York*-Unfall auf sich hat und nimmst Clarice in Empfang, wenn sie eintrifft.«

Villano nickte.

»Wer ist Clarice?«, fragte Grant neugierig.

Villano hakte seine Freundin unter und zog sie mit zu sich an den Platz. »Komm, ich erzähle dir alles, was du nicht mitbekommen hast.«

Nat ging ebenfalls zu seinem Schreibtisch, nahm seine Lederjacke von der Stuhllehne und sah, wie sich seine Kollegin die Hand vor den Mund hielt und Tränen in ihre Augen schossen. Anscheinend hatte Villano ihr gerade von den Verletzungen der Folter erzählt.

Dann fuhr er mit dem Fahrstuhl hinunter, durchschritt die Lobby und trat nach draußen. Sein Motorrad stand noch an derselben Stelle, wo er es gestern abgestellt hatte. Doch statt gleich loszufahren, zückte Nat sein Handy und wählte Cindys Nummer. Es dauerte eine Weile, aber dann meldete sie sich. »Schatz! Ich wollte mal hören, wie es euch geht! – Sie schläft? Hm. Dann hat die Therapiesitzung sie doch sehr mitgenommen. Und die Kinder? – Ah. Gut. Dann versuche doch, auch nochmal zu schlafen! Die Nacht war ja wirklich grausam. Übrigens habe ich eine Sozialarbeiterin angerufen, die sich der beiden Frauen und der Kinder annehmen wird. – Ach ja, das weißt du ja noch gar nicht. Es ist inzwischen eine weitere Frau mit Kind im selben Zustand aufgefunden worden und ... – Ja, das erzähle ich dir heute Abend. Mach's gut, Süße, und schlaf schön!«

Nat liebte Motorradfahren, kam aber in letzter Zeit immer weniger dazu. Deshalb genoss er die Fahrt und bog 20 Minuten später in die Straße ein, in der die Familie Dearing wohnen sollte. Er stellte die Maschine vor dem gepflegten Einfamilienhaus ab und war ein wenig in Gedanken versunken. Warum hatte der Ehemann die beiden nicht als vermisst gemeldet, wenn er nichts mit den Verletzungen seiner Frau und seines Kindes zu tun hatte? Sie mussten doch wahrscheinlich schon mehr als einen Tag weg gewesen sein. Auf jeden Fall konnte es nicht schaden, auf der Hut zu sein, wenn er gleich auf ihn traf. Falls er ihn überhaupt zu Hause antraf.

Er hängte gerade seinen schwarzen Helm an den Lenker, da sprach ihn ein etwa 30-jähriger Mann mit einer blauen Schirmmütze und Sonnenbrille an, der gerade die Straße entlang kam.

»Sie wollen zu den Dearings?«, fragte er mit etwas rauer, erkälteter Stimme.

»Ja. Warum fragen Sie?« Es wunderte Nat, dass es jemanden interessierte, was er machte.

Der Mann schwenkte seine Krücke, auf die er sich stützte, in Richtung der Haustür. »Ich weiß nicht, ob es was zu bedeuten hat, aber mir ist aufgefallen, dass die Tür schon seit ein oder zwei Tagen einen kleinen

Spalt offensteht, und eine Katze oder ähnliches hat die Familie nicht.«

Nat sah alarmiert in Richtung Haus. Durch seine Körperbewegung rutschte seine Jacke zur Seite.

Der Mann erschrak, als er Nats Waffe im Halfter sah. »Was … was …«, stammelte er.

Nat bemerkte, was passiert war und machte eine beruhigende Handbewegung. »Schon gut, ich bin vom FBI.«

Der Mann sah ihn misstrauisch an. »FBI? Wirklich? So sehen Sie aber nicht aus. Ganz ehrlich, Mann!«

Nat hob die Augenbrauen, zückte seinen Ausweis und hielt ihn vor die Nase des Mannes. »Reicht das?«

Der Mann räusperte sich. »Da muss ich mich wohl entschuldigen …«

Nat zog sein Handy hervor und öffnete seine Notiz-App. »Kann ich mal Ihren Namen haben, bitte!«, sagte er ein wenig genervt.

»Ich heiße Nicholas Johnson und wohne da drüben in Nummer 507. Warum ist das wichtig? Bekomme ich jetzt eine Anzeige wegen Beamtenbeleidigung?«

»Nein, das ist reine Routine, für den Fall, dass ich nochmal auf Sie zukommen muss, Mr. Johnson. «

»Ah. Okay.«

»Gehen Sie jetzt bitte weiter. Sie halten wichtige Ermittlungen auf!«

Der Mann nickte und ging. »Da will man nur behilflich sein …«

Nat sah ihm hinterher, während er langsam den Weg zum Haus hochging. Irgendetwas murmelte der Mann noch, doch Nat versuchte, sich auf das Haus zu konzentrieren, an dessen Tür er nun angelangt war.

Die Tür stand zirka sechs Zentimeter offen. Das war wirklich seltsam. Zwei Tage stand die schon so offen? *Eigentlich sollte ich nicht alleine dort hineingehen,* schoss es dem Afroamerikaner durch den Kopf.

Trotzdem zog er seine Waffe und schob die Tür mit den Fingerspitzen weiter auf, sodass er in das Innere des angrenzenden Wohnzimmers gucken konnte. Hier sah soweit alles ganz normal aus. Nat stieß die Tür ganz auf und machte vorsichtig ein paar Schritte in das Zimmer hinein. »FBI! Mr. Dearing? Sind Sie da?« Er bekam keine Antwort. Nachdem er sicher war, dass sich hier niemand verbarg, ging er weiter in die offene Wohnküche. Von dort aus führte eine Tür in die Garage. Nat öffnete die Tür vorsichtig und checkte kurz den gut überblickbaren Raum. Hier war niemand, nur ein ganz, ganz leichter Modergeruch stieg ihm in die Nase.

Nun blieb noch das Obergeschoss des Hauses. Nats Puls stieg. Wenn sich hier jemand aufhielt, dann würde er oben auf ihn treffen. Er durchschritt erneut das Wohnzimmer und ging langsam mit erhobener Waffe die mit Teppich ausgelegte Treppe hinauf. An den Wänden nahm er, während er nach oben ging, mehrere Familienfotos wahr. Darauf wirkte die Familie sehr glücklich. Doch davon durfte er sich jetzt nicht beeinflussen lassen, für den Fall, dass er auf Melanies Ehemann traf.

Mittlerweile war er oben angekommen und sah, dass zwei der drei Türen geschlossen waren. Vorsichtig lugte er in das erste Zimmer. Es schien das Kinderzimmer der kleinen Layla zu sein. Nichts deutete auf irgendein außerordentliches Ereignis hin, das hier stattgefunden haben könnte. Nat ging zurück in den Gang. Jetzt blieben noch zwei Zimmer übrig. Eins davon würde ein Badezimmer, eins ein Schlafzimmer sein. Was würde ihn dort erwarten?

Nats Finger der linken Hand drückten vorsichtig die Klinke des ersten geschlossenen Zimmers herunter und stieß sie auf. Das Zimmer hatte kein Fenster und es war dunkel. *Das ist wahrscheinlich das*

Badezimmer, dachte er. Als er gerade nach dem Lichtschalter greifen wollte, sprang ihn etwas an, kratzte ihn und verletzte dabei seine Wange. Nat erschrak fast zu Tode. »Was zum Teufel!«, rief er aus, als er merkte, dass ihn eine Katze angesprungen und sich in seiner Lederjacke festgekrallt hatte. Er wollte sie behutsam lösen und sie heruntersetzen, als sie ihn in die Hand biss. »Mistvieh!«, entfuhr es ihm, und im Reflex schleuderte er die Katze wütend fort. Geistesgegenwärtig verdrängte er den starken Schmerz des Bisses und richtete seine Waffe auf die letzte Tür des Obergeschosses. Falls sich tatsächlich jemand in dem Zimmer aufhalten würde, hätte er spätestens jetzt mitbekommen, dass er im Haus war. Nat musste den kleinen Vorteil eines Überraschungseffekts ausnutzen und schnell handeln. Deshalb trat er die Tür kurzerhand mit dem Fuß ein. Sie sprang auf und in Sekundenschnelle stand Nat im Schlafzimmer der Dearings und überprüfte routiniert jeden Winkel des Zimmers. Nichts! Hier war niemand! Er steckte die Waffe weg, zog mit der rechten Hand sein Handy aus der Hosentasche und wählte Grants Nummer.

Es dauerte nur einige Sekunden und sie meldete sich. »Hi, mein Großer! Was gibt es? Hattest du Erfolg im Haus der Dearings?«

Nat sah auf seine verletzte Hand und machte sich auf den Weg ins Badezimmer. »Nein, es war niemand hier, und es gibt auch keine Spuren eines Kampfes oder Ähnliches.«

»Und nun?«, fragte Grant.

Nat war inzwischen beim Waschbecken angekommen und ließ sich kaltes Wasser über die Bisswunde laufen. »Da Mr. Dearing ein potentieller Täter ist, sollten wir ihn zur Fahndung ausschreiben. Außer du hast inzwischen noch etwas anderes über ihn in Erfahrung gebracht.«

»Nein. Ich hatte noch keine Zeit, aber ich kümmere mich um die Fahndung.«

»Alles klar. Danke.« Nat hatte das Wasser inzwischen abgestellt und besah sich die Wunde näher. »Sag mal, Key! Weißt du eigentlich, wie man am besten mit Katzenbissen umgeht?«

»Wieso willst du das wissen?«

»Na, weil mich dieses Mistvieh der Dearings angefallen und gebissen hat!«

»Wirklich?« Grants Stimme klang alarmiert. »Das ist nicht gut! Gar nicht gut sogar!«

»Warum?«, fragte Nat erstaunt. Der Biss schmerzte zwar ziemlich, doch das würde sicher bald vergehen. »Reicht da nicht Ausspülen, Desinfektion und ein Pflaster?«

»Du hast es schon ausgespült? Das ist gut. Desinfizieren ist auch gut. All das musst du so schnell wie möglich machen. Möglichst bevor sich die Wunde anfängt wieder zu schließen.«

Nat sah sich im Badezimmer nach einem Erste-Hilfe-Kasten um und entdeckte ihn an der Wand. »Naja, die Attacke ist nun zirka zehn Minuten her.«

»Eine Tetanusimpfung hast du ja!«

»Klar. Ist erst vor kurzem aufgefrischt worden.«

»Wenigstens das«, seufzte Grant erleichtert. »Trotzdem solltest du unbedingt darauf achten, ob der Schmerz schlimmer wird oder sich das Ganze entzündet. Katzen können nämlich über Bisse eine gefährliche Bakterienart übertragen. Sie heißt Pasteurella multocida, und damit ist nicht zu spaßen! Etwa 50% der Bisse sind infektiös und im Verlauf manchmal sogar tödlich!«

Nat lachte. »Du machst mir Angst, hör auf! Und überhaupt! Woher weißt du so etwas?«

»Tja, ich bin immer wieder für eine Überraschung gut!«

»Gut, ich klebe mir da jetzt noch ein dickes

Pflaster drauf und komme bald zurück. Schick bitte in der Zwischenzeit jemanden von der Spurensicherung her, um das Haus zu untersuchen! Vielleicht war es doch nicht der Ehemann, und der Entführer hat seine DNS hinterlassen.«

»Werde ich sofort veranlassen, Chef! Bis dann!«

»Bye!«, verabschiedete sich Nat und schob das Handy wieder zurück in seine Hosentasche. Dann suchte er nach einem großen Pflaster und klebte es über die Wunde.

Nachdem er das erledigt hatte, ging er über die Treppe wieder in das Erdgeschoss. Im Wohnzimmer fiel sein Blick auf ein paar im Regal stehende Aktenordner. Er griff sich den mit der Aufschrift 'Arbeit', legte ihn auf dem kleinen Schreibtisch ab und blätterte darin herum. Bei einem abgehefteten Arbeitsvertrag von Jim Dearing stutzte er. »Wow! Das ist ja ein Ding!«, rief er überrascht aus. Diese Information, die er gerade gelesen hatte, rückte alles in ein anderes Licht.

Er wollte sich schnell auf den Weg machen und war schon auf dem Weg zur Haustür, als ihm seine innere Stimme sagte, dass er die Garage noch nicht gründlich genug durchsucht hatte. Dieser komische Geruch ging ihm irgendwie nicht aus dem Kopf.

Auf dem Weg durch die Küche begegnete er erneut der Katze, die versuchte, etwas Wasser vom Wasserhahn zu lecken. Nat seufzte, als er das sah. Die Katze hatte sicher seit zwei Tagen nichts mehr getrunken. Er öffnete einen der Schränke, nahm kurzerhand einen Suppenteller heraus, füllte ihn mit Wasser und stellte ihn auf den Boden. »Hier, du Vampir! Aber wehe, du hast mich mit diesen fiesen Bakterien infiziert! Dann komme ich wieder und grille dich!« *Oh Gott, ich höre mich auch schon wie ein Psychopath an,* dachte Nat und hatte ein schlechtes Gewissen.

Er ging weiter, öffnete die Tür zur Garage, machte

das Licht an und sah sich um. Gleich neben der Tür entdeckte er vier unterschiedlich große Näpfe. Die hatte er bei der vorigen Inspektion des Raumes nicht wahrgenommen. *Vier?* Zwei von der Katze für Wasser und Futter … Und die anderen beiden? War vielleicht eine zweite Katze nach draußen entkommen?

Nat stieg wieder dieser seltsame Geruch in die Nase. Er beugte sich herunter. Kam das vom mittlerweile eingetrocknetem Tierfutter, das immer noch in den Näpfen klebte und ziemlich unappetitlich aussah?

Er roch daran und schüttelte den Kopf. »Nein, das ist es nicht.« Doch außer ein paar Gartengeräten und einem Grill standen hier nur noch ein Trockner und eine Waschmaschine in einer Nische. Nat durchschritt den Raum und der Geruch wurde stärker. Zuerst öffnete er den Deckel der Toplader-Waschmaschine und entdeckte darin Wäsche, die anscheinend langsam vor sich hin gammelte. Nat schüttelte den Kopf. Irgendwie war der Geruch eher süßlich. Er wendete sich dem Trockner zu, öffnete die Klappe und sprang sofort zwei Schritte zurück. Dann hielt er sich schnell die Nase zu. Ein widerlich penetranter Geruch füllte in Sekundenschnelle den Raum. *Was ist da drin?*

Nat trat wieder an den Trockner heran, sah hinein und verzog bei dem Anblick angewidert sein Gesicht. Die Augen eines Hundes schienen ihn vorwurfsvoll anzustarren. Nur dass dort, wo mal die Augäpfel gewesen waren, nun dicke weiße Maden herumkrochen. Sie hatten ganze Arbeit geleistet.

Mist!, dachte Nat. Da hatte der, der die Mutter und das Kind gefoltert hatte, seine sadistischen Züge auch noch an dem Hund ausgelebt.

Schnell verließ er den Raum und flüchtete ins Freie. Sekunden später stand Nat bei seinem Motorrad und sammelte seine Gedanken.

»Und?«, sagte plötzlich die Stimme des Mannes,

mit dem er vor dem Eintritt in das Haus gesprochen hatte. »Haben Sie die Dearings angetroffen? Ist alles gut?«

Nat war kurz vor Schreck zusammengezuckt, doch als er bemerkte, wer da hinter ihm stand, entspannte er sich. »Ich hatte eine Auseinandersetzung mit einer Katze.« Nat hielt seine gebissene Hand hoch. »Entgegen Ihrer Meinung, besitzt die Familie doch eine! Und einen Hund!«

»Das wusste ich nicht. Ehrlich!«

Der Mann kam schwankend einen Schritt auf Nat zu und wollte nach seiner Hand greifen. Er hatte die Technik des Gehens an der Krücke wohl noch nicht so verinnerlicht.

»Ist es schlimm?«, fragte er.

Nat winkte ab. »Es geht schon. Danke!« Der Mann war ihm irgendwie unsympathisch. »Ich hätte da noch eine Frage an Sie.«

Der Mann zog seine Hand zurück und sah ihn ein wenig missmutig an. »Sie sind vom FBI. Fragen Sie!«

»Wann haben Sie Mr. Dearing und Mrs. Dearing zuletzt gesehen?«

»Oh Gott! Ich, mit meinem schlechten Gedächtnis!« Er stützte sich auf seine Krücke, starrte dabei auf den Boden und überlegte. »Ich glaube, es war vorgestern, dass ich ihn zum letzten Mal gesehen habe. Ich meine, da ist er morgens zur Arbeit gefahren. Sie habe ich schon länger nicht mehr gesehen, aber mit einem kleinen Kind ist man ja auch ständig beschäftigt, nicht wahr? Die viele Hausarbeit, die da anfällt! Waschen, Bügeln, ...« Der Mann mit der Schirmmütze stockte. »Was ist denn überhaupt los? Ist etwas mit der Familie passiert?«

»Ich kann Ihnen leider keine Auskunft darüber geben Mr. – Johnson war der Name, oder?«

Der Mann nickte. »Ja, das ist richtig.« Er sah zu dem Haus hinüber. »Wenn Sie nichts preisgeben, dann kann das ja nichts Gutes bedeuten!«

»Gehen Sie nach Hause und machen Sie sich nicht soviel Gedanken, Mr. Johnson. Ich muss jetzt weiter! Gute Besserung für Ihr Bein, Sir!«

»Danke!«

Nat nickte ihm zu, setzte sich seinen Helm auf, stieg auf sein Motorrad und fuhr los.

»Man sieht sich!«, rief der Mann grinsend hinter ihm her. Doch das hörte Nat nicht mehr.

Eine halbe Stunde später fuhr Nat im FBI-Gebäude mit dem Fahrstuhl nach oben und stieß direkt vor der Tür auf Grant.

»Oh Nat, gut, dass du da bist!«, rief seine Kollegin laut aus. »Komm bitte mal schnell mit! Das musst du dir unbedingt ansehen!«

»Was ist denn los, Key?«, fragte Nat alarmiert, zog sich während des Laufens die schwere Lederjacke aus und warf sie im Vorbeigehen über seine Stuhllehne.

Bei ihrem Arbeitsplatz traf er auf Villano, der wie gebannt auf Grants Bildschirm starrte.

Als er Nat sah, stand er auf und schob ihm bereitwillig den Stuhl hin. »Komm, setz' dich!«

Nat zeigte auf den Bildschirm. »Was ist das?«

Grant setzte sich neben ihn und stoppte den Film. Dann sah sie Nat mit ernstem Blick an. »Dieses Video ist anscheinend erst im Darknet aufgetaucht, wurde dann von sehr vielen Leuten bei YouTube hochgeladen und sorgt gerade für außerordentliche Aufregung! Du wirst gleich sehen, warum!« Sie startete den Film.

Laute, dramatische Musik drang an Nats Ohren, doch der Bildschirm blieb noch schwarz. Die Schwärze löste sich langsam auf und wurde zu einem bewegten Bild, das einen Mann zeigte, der gerade dabei war, sich mit Handschellen an das Abflußrohr eines Waschbeckens zu ketten. Danach warf er den

Schlüssel in die daneben stehende Toilette und spülte ihn herunter. »Das ist doch ...«

»Genau! Das sind die letzten Bilder von Jackson O'Connor.«

Nun sahen sie, wie er auf ein Foto starrte und es streichelte. Tränen kullerten über sein unendlich trauriges Gesicht. Dann sagte er anscheinend etwas, doch Nat verstand wegen der lauten Musik nicht, was es war.

Bevor Nat intervenieren konnte, kam es in dem Video zu einer dramatischen Szene. O'Connor zog ein Sturmfeuerzeug hervor und ließ es vor sich auf den Boden fallen. Im Nu standen er und alles um ihn herum in Flammen! Sie sahen, wie O'Connor verzweifelt versuchte, sich doch noch von den Fesseln zu befreien und dabei fast unmenschliche Laute ausstieß! Die Bilder ließ ihnen das Blut in den Adern gefrieren. Sie waren so grausam, dass Nat es nach kurzer Zeit kaum noch ertragen konnte.

Grant stoppte das Video. Auch ihr war flau im Magen.

Nat war erst einmal sprachlos, und er rieb sich mit der flachen Hand über seinen kahl rasierten Schädel. Trotz der Fotos aus der Mappe, die Cathrin Stone ihnen gegeben hatte, war es schwer gewesen, sich das anzusehen.

Villano seufzte laut. »Einfach schrecklich!«

Nat sah Grant und Villano an. »Konntet ihr verstehen, was er da gesagt hat?«

»Nein. Die Musik im Hintergrund ist einfach zu laut«, sagte Grant. »Aber ich kann das sicher herausfiltern.«

Nat hatte eine andere Idee. »Warte damit und setz' das Video doch bitte mal an die Stelle zurück, an der er anfängt zu sprechen. Und dann wartet einen Augenblick!« Er stand auf und ging hinüber zu einem Kollegen, der in einem anderen Team arbeitete.

Grant und Villano sahen ihm erstaunt hinterher. »Was hat er vor?«, fragte Grant und nahm sich ein neues Kaugummi aus ihrer Packung.

Kurze Zeit später kam Nat mit Peter Cusack zurück, der erst seit kurzem in Las Vegas beim FBI war.

»Hi, ihr beiden! Nat sagt, ich kann euch helfen?!«

Grant und Villano grüßten ihn und sahen Nat fragend an.

»Peter hat eine Schwester, die taubstumm ist, und hat ihr zuliebe damals das Lippenlesen gelernt. Er wird versuchen zu entziffern, was O'Connor von sich gegeben hat!«

»Ah, okay!«, sagte Grant erfreut. »Dann setz' dich bitte auf meinen Stuhl, und danach starte ich das Video.«

Cusack sah sich die entsprechende Szene an und Grant stoppte den Film.

»Und?«, fragte Nat. »Hast du erkannt, was er sagt?«

Cusack sah zu Nat. »Ich glaube ja, aber würdest du es nochmal wiederholen, Key?«

Grant spielte die Sequenz noch einmal ab.

»Und, Peter?«

Cusack fuhr sich mit der Hand über seinen Vollbart und schnaufte kurz. »Ich bin mir ziemlich sicher, er sagt: 'Ich habe meine Schuldigkeit getan. Jetzt lass' sie frei'!«

»Ich habe meine Schuldigkeit getan. Jetzt lass' sie frei!«, wiederholte Nat nachdenklich. Dann klopfte er Cusack freundschaftlich auf die Schulter. »Danke Peter! Du warst uns wirklich eine große Hilfe!«

Cusack stand auf und machte sich wieder auf den Weg zu seinem Platz. »Das war eine Kleinigkeit. Habe ich gerne gemacht. Falls nochmal so etwas ansteht ...«

»Danke dir!«, sagte Nat noch einmal. Dann wandte

er sich wieder an Villano und Grant. »Jetzt wissen wir, wie das alles zusammenhängt. Mutter und Kind wurden entführt, gefoltert und sollten erst freikommen, wenn er sich selbst tötet und noch zig andere mit in den Tod reißt!«

»Er hat sich für seine Familie geopfert!«, stellte Grant fest. »Ein echter Held, wenn ihr mich fragt!«

Nat verzog seinen Mund. »Aber er hat auch viele andere mit in den Tod gerissen.«

»Wahrscheinlich hat der Entführer ihm immer wieder gezeigt, wie er seine Frau gefoltert hat«, sagte Villano.

»Und warum hat er sich nicht an die Polizei gewendet?«, fragte Grant.

Nat ging zurück zu seinem Schreibtisch. »Er hatte zu große Angst, dass der Entführer den beiden noch mehr Leid zufügt und sie vielleicht tötet, nehme ich an. Auf jeden Fall müssen wir jetzt herauskriegen, wer das Video ins Netz gestellt hat und es so schnell wie möglich entfernen lassen. Ich weiß gar nicht, wie es durch die Kontrollen gelangt ist! Und dann müssen wir ...«

Sein Telefon klingelte. »Porter. – Petersen. Wir haben gerade ... – Was?«, sagte er plötzlich und sein Blick wanderte alarmiert zu seinen Kollegen. »Okay! Wir sehen uns das gleich an. Ich melde mich dann!« Er legte auf und kam zurück zu Villano und Grant.

»Key, Petersen hat gesagt, dass es ein weiteres Video im Netz gibt. Gib mal bitte 'NYNYDeadlyCrash' ein.«

»Dein Ernst?« Grant schob ihre Brille nach oben und machte sich sofort daran, den Wortmix einzugeben.

»Tatsächlich! Da ist es!«

Nat fuhr sich mit der Hand über das Kinn und holte Luft. »Dann zeig mal, was wir da haben, Key!« Das Thema, was er vor dem Telefonat mit Petersen anschneiden wollte, war automatisch in den Fokus gerückt worden, nämlich der Zusammenhang zwischen dem Brand und dem Achterbahnunfall.

Grant drückte auf die Play-Schaltfläche.

Sie starrten erneut auf den Bildschirm und sahen dieses Mal Bilder, die anscheinend mit einer Handkamera aufgenommen worden waren. Jemand ging mit der Kamera durch ein Zimmer und blieb vor einem Fenster stehen. Das Bild zeigte schräg nach rechts auf den Las Vegas Strip mit seinem rollenden Verkehr und den vielen Touristen, die aus der Höhe wie kleine Insekten wirkten.

»Das ist doch aus dem *Excalibur*-Schloss heraus gefilmt worden«, sagte Villano. »Das sieht man an den Zinnen und dem Türmchen!«

Nun wurde die Kamera geschwenkt und sie sahen direkt auf das gegenüberliegende *New York New York* und die davor liegende Achterbahn.

Plötzlich wurden Zahlen eingeblendet. Zuerst eine große 3. Die Gondel des Roller-Coasters kam in Sicht, und sie fuhr gerade in eine steile Kurve. Nun sahen sie eine 2. Die Kamera zoomte näher an die Achterbahn heran. Die Mitfahrer hatten ihre Arme weit nach oben gestreckt und genossen die Fahrt. Die Leute in dem Fahrgerät hatten keine Ahnung, was auf sie zukommen würde! Nat und seine Kollegen hielten den Atem an. Das waren wahrscheinlich die letzten Bilder von den bedauernswerten Opfern. Nun wurde eine 1 eingeblendet. Ihr folgte der Absturz der Gondel hinter die Häuserfassaden des *New York New York*.

Grant hielt sich vor Schreck die Hand vor den Mund. »Was …?«

Doch es war noch nicht vorbei. Plötzlich stieg ein künstlicher grauer Nebel hinter den Fassaden hervor und aus ihm entwickelten sich viele kleine Geister, die nun direkt auf sie zu geflogen kamen, ihnen die

Zunge herausstreckten und sich danach in Luft auflösten. Alles begleitet durch hämisches Lachen.

»Oh Gott«, murmelte Villano.

»Der Unterschied zu dem ersten Clip ist, dass er sich Zeit genommen hat, um den Film zu bearbeiten, und er zieht den ganzen Unfall ins Lächerliche!«, stellte Nat fest.

Grant, die schon öfter mit dieser Achterbahn gefahren war, wirkte geschockt.

Villano nahm Grants Maus, ging bis zu einer bestimmten Stelle zurück und stoppte den Film dort. Er zeigte mit dem Finger auf die Achterbahn. »Wer ist dort in der Lage, die Schienen unbemerkt zu manipulieren?«

»Melanie Dearings Ehemann«, sagte Nat.

»Wie jetzt?«, fragte Grant erstaunt.

»Ich kam bis jetzt noch nicht dazu, euch das mitzuteilen, aber ich habe einen Arbeitsvertrag von Jim Dearing gefunden, in dem steht, dass er als Techniker beim *New York New York* arbeitet und dort auch für die Achterbahn zuständig ist. Ich denke, er hat die Bahngleise manipuliert.«

»Dieser Mistkerl!«, rief Villano.

Nats Telefon klingelte erneut. »Porter! – Petersen. – Ja, wir haben es gesehen. Wirklich furchtbar. – Sie haben noch etwas für uns? Okay.« Er sah sich zum Faxgerät um. »Ja, da kommt etwas. Danke. Bye.« Er legte auf.

Villano war neugierig. »Was ist?«, fragte er.

Nat ging zum Faxgerät und zog ein Blatt aus dem Schacht. »Petersen hat eben die Liste der Opfer vom dem Achterbahnabsturz geschickt. Er meinte, wir würden eine Überraschung erleben.« Nat fuhr mit dem Finger über die Zeilen. »Oh! Das ist jetzt wirklich ein Ding!«, rief er plötzlich laut und fuhr sich über seine Glatze. »Dearing selbst ist auch unter den Opfern!«

»Dasselbe Muster wie bei den O'Connors!«, sagte Villano, dem es jetzt leid tat, dass er Dearing einen 'Mistkerl' genannt hatte.

»Also wurden Melanie und das Kind ebenso gefoltert, und um sie zu retten, manipulierte ihr Ehemann die Achterbahn und opferte sich und 15 unschuldige Touristen«, fasste Nat zusammen.

»Krass«, sagte Grant, immer noch geschockt.

»Kommt mal mit zu unserer Wand«, forderte Nat seine Kollegen auf.

Er nahm einen dicken Stift in die Hand, schrieb den Namen Dearing an die Wand und zeichnete ein Kreuz daneben. Genau wie bei O'Connor.

»Wir haben zwei tote Ehemänner, zwei gefolterte Ehefrauen mit ihren kleinen Kindern, von denen eins ebenfalls gefoltert wurde, und zwei große Unglücke, bei denen viele Menschen ums Leben kamen!«

»Dearing stirbt beim Absturz der Achterbahn, für die er verantwortlich war«, sagte Villano. »Genau wie O'Connor in seinem Hotel.«

»Jemand will ihre Familienidylle zerstören und dabei so viele Menschen wie möglich mit in den Tod reißen«, sagte Grant.

Nat zeichnete zwei Rechtecke mit jeweils einem Fragezeichen in der Mitte auf die Tafel. »Also haben wir jetzt ein oder zwei Unbekannte. Entweder waren die Aufnahmen aus dem *Excalibur* Zufall und es will sich jemand mit ihnen in die Öffentlichkeit drängen, oder der Initiator der Amokläufe hat den Unfall selber gefilmt!«

»Die Aufnahmen unterscheiden sich zwar in der Machart, aber ich glaube, der Entführer selbst hat beide Filme ins Darknet gestellt«, sagte Grant. »Die, die es weiter verbreitetet haben, werden es dort nur kopiert und aus Mediengeilheit bei YouTube hochgeladen haben. Dafür lege ich meine Hand ins Feuer.«

Nat legte den Stift beiseite. »Okay. Ich denke, wir müssen zurück zum Start und bei der Basis beginnen, und dazu brauchen wir die Aussagen der Mütter!« Er sah Grant an. »Was hat Dr. Carson bei der Sitzung mit Mrs. Dearing erreicht?«

Grant verzog leicht ihren Mund. »Vorhin hatte sie noch nichts erreicht. Clarice hat die beiden dann mitgenommen und wollte sie im Mütterwohnheim in der Wellington Street unterbringen. Ich soll dir schöne Grüße ausrichten, und sie meinte, sie würde sich bald bei dir melden.«

»Und wo ist Matt? Auch dort?«, fragte Nat. »Er weiß ja noch gar nichts von den neuesten Entwicklungen.«

»Es kann sein, dass er schon dort ist. Er wollte Milla O'Connor und Michele bei euch abholen und dann auch in das Heim bringen.«

»Hoffentlich konnte er sie überzeugen, dass das der richtige Weg ist! Ich werde ihn anrufen, erzähle ihm die Neuigkeiten und dränge darauf, dass er Dr. Carson heute noch einmal in das Mütterwohnheim kommen lässt.«

»Hältst du das wirklich für richtig, Nat?«, fragte Villano. »Ich meine, für die Frauen bedeutet der Umzug in das Heim auch eine Menge Stress.«

Nat sah ihn mit ernstem Gesicht an. »Ich weiß, aber es geht nicht anders, Joe! Wir müssen wissen, unter welchen Umständen sie festgehalten wurden. Vielleicht gibt uns das Hinweise auf den Aufenthaltsort des Täters oder seine Pläne.«

Villano nickte nachdenklich. »Vielleicht hast du recht.«

Fünf Minuten später kam Nat wieder zu den beiden anderen zurück. »Ich habe Matt auf den neuesten Stand gebracht. Er wird sich die Videos im Netz ansehen und alles andere in die Wege leiten.«

»Key, hattest du vorhin noch Zeit, etwas über Freunde, Feinde und die finanziellen Hintergründe der Familie O'Connor herauszufinden?«

»Ja, hatte ich. Hinsichtlich ihrer Finanzen gab es keine Probleme. War alles im grünen Bereich, da das Hotel gut mit den großen am Strip mithalten konnte. Sie hatten keine Schulden und sogar etwas angespart.«

»Also steht Milla O'Connor jetzt nicht mittellos da?«

»Nein. Falls bei den Ermittlungen herauskommt, dass es Fremdverschulden war, wird die Versicherung zahlen, und sie hat noch ihre Ersparnisse in der Hinterhand.«

Nat nickte. Das waren erst einmal gute Nachrichten. »Und weiter? Freunde? Feinde? Familie?«

»Ich denke, da müssen wir Milla selbst befragen, wenn sie wieder auf dem Damm ist. Aus den sozialen Medien ist nur wenig ersichtlich. Die nutzten sie anscheinend ausschließlich für ihr Business, aber nicht privat. Anzeigen wegen Anfeindungen, die polizeilich gemeldet wurden, habe ich auch nicht gefunden. Die familiäre Situation stellt sich so dar, dass seine Mutter vor zehn Jahren und sein Vater vor fünf Jahren gestorben ist. Beide an Krebs. Geschwister sind nicht vorhanden.«

»Und bei ihr?«

»Ihre Familie lebt in Ohio. Sie hat dort noch ihre Eltern und eine Schwester.«

»Wir werden sie fragen, ob wir Kontakt mit ihnen herstellen sollen, damit sie ihr vielleicht in der nächsten Zeit beiseite stehen können.«

»Daran habe ich auch schon gedacht«, sagte Grant.

»Gut, dann mach' dich jetzt an die Vita der Dearings.«

»Okay.«

Dann zeigte Nat auf Villano. »Und du durchforstest bitte alle Datenbanken nach ähnlichen Fällen. Ich werde zum *Excalibur* fahren und fragen, ob die uns wegen des Videos weiterhelfen können.«

»Dann wünsche ich dir viel Erfolg«, sagte Villano.

»Danke. Den brauchen wir auch, denn wer sagt uns, dass dieser Psychopath jetzt damit aufhört?!«

Eine halbe Stunde später stand Nat bereits an der Rezeption des Casinohotels *Excalibur* und wartete auf den Manager.

Eine brünette Dame im Kostüm kam auf ihn zu. Sie war vielleicht Mitte 40 und top in Form. »Eine Mitarbeiterin des Empfangs sagte mir, Sie wollten mich sprechen?« Sie streckte ihm ihre Hand entgegen. »Mein Name ist Miranda Gibbs.«

Nat, der insgeheim mit einem Mann gerechnet hatte, ärgerte sich über sich selbst. War er wirklich noch so sehr in alte Muster verstrickt? »Supervisory Special Agent Porter, FBI Las Vegas.«

»Okay. Was kann ich für Sie tun, Agent Porter?«

Nat drehte sich leicht und sah in die Lobby. »Könnten wir vielleicht irgendwo hingehen, wo wir mehr Ruhe haben? Dann erkläre ich Ihnen, worum es geht.«

Miranda Gibbs nickte. »Natürlich! Folgen Sie mir bitte in mein Büro!«

Nat folgte ihr, musste unweigerlich auf den wohlgeformten Po der Dame schauen und dachte an Villano, den er selbst erst deswegen gemaßregelt hatte. Er seufzte leise und sah woanders hin.

»So, da wären wir.« Sie zeigte auf den Stuhl vor ihrem Schreibtisch. »Bitte setzen Sie sich!«

»Vielen Dank.«

»Dann schießen Sie mal los«, sagte Gibbs auffordernd.

»Sie haben doch sicher mitbekommen, dass es gestern im *New York New York* einen Unfall mit der

Achterbahn gegeben hat.«

Gibbs nickte. »Natürlich. Das war das Gesprächsthema hier im Hotel.«

»Es ist so, dass seit kurzer Zeit ein Video im Netz kursiert, das den Unfall zeigt. Offensichtlich wurde es aus einem der Zimmer Ihres Hotels gefilmt.«

Miranda Gibbs sah ihn an. »Wirklich?« Sie zog die Schublade, die ihre Tastatur beherbergte, an sich und sah Nat an. »Zeigen Sie mir bitte, wo ich das Video finden kann.«

Nat zog es vor, sitzen zu bleiben. »Bitten geben Sie einfach 'NYNYDeadlyCrash' ein und sehen Sie sich den Film in Ruhe an. Danach erkläre ich Ihnen, welche Informationen ich von Ihnen brauche.«

Die Managerin sah sich den kurzen Film an und war im ersten Moment sprachlos. »So ...«, stotterte sie. »So, wie ich das jetzt verstanden habe, war das eventuell gar kein Unfall?«

»So ist es, Mrs. Gibbs«, sagte Nat, stand auf und fing an, im Raum umherzugehen. Die Hand, in die ihn die Katze der Dearings gebissen hatte, schmerzte ein wenig. Er warf einen Blick auf das Pflaster, aber das saß noch an Ort und Stelle. »Ich kann Ihnen zu den Einzelheiten des Falles leider nichts Näheres sagen, aber wir brauchen unbedingt Informationen darüber, wer zum Zeitpunkt des Unfalls in den Zimmern war, aus denen heraus die Aufnahmen gemacht worden sind.«

Gibbs überlegte. »Da kommen ja Hunderte von unseren Hotelbesuchern in Frage. Auf jeden Fall wurde der Film im Resort Tower aufgenommen.«

»Haben Sie eine Idee, wie wir da weiter kommen?«

Die 40-Jährige überlegte angestrengt, während sie auf einem Bleistift herumkaute. Plötzlich legte sie den Stift zur Seite und griff zum Telefon. »Ich glaube, ich weiß, wer uns da eventuell weiterhelfen kann.

Einen Moment!«

Sie telefonierte kurz mit einer Linda Kruger, zitierte sie in ihr Büro und wandte sich dann wieder an Nat. »Ich habe jetzt gerade mit der zuständigen Managerin für das Reinigungspersonal gesprochen. Sie wird sofort kommen und sich den Film ansehen. Ich bin mir sicher, sie wird erkennen, aus welchem Zimmer der Film gemacht worden ist.«

»Warum sind Sie sich da so sicher?«, fragte Nat nach.

»Sie ist für die Einhaltung unserer Reinheitsstandards verantwortlich, kontrolliert die Putzfrauen täglich und ist somit auch viel in den Gästeräumen unterwegs.«

»Und Sie denken, die Dame wird erkennen, welches von den vielen Zimmern in Frage kommt?« Er hob die Augenbrauen. »Da lass ich mich ja mal überraschen.«

Zwanzig Minuten später standen alle drei in einem der Aufzüge des Resort Towers und fuhren nach oben.

»25. Etage!«, hörte Nat eine weibliche Stimme aus dem versteckten liegenden Lautsprecher, als sie in dem gewünschten Stockwerk ankamen. Sie stiegen aus.

»Folgen Sie mir bitte!«, forderte Linda Kruger ihn auf. »Es kann sein, dass ich mich ein- bis zweimal im Zimmer irre …«, entschuldigte sie sich im voraus, »aber ich bin mir zu 99% sicher, dass der Film aus diesem Stock heraus aufgenommen wurde.«

Dann lassen wir uns mal überraschen, dachte Nat und glaubte nicht wirklich, dass es möglich war, anhand des kurzen Filmausschnitts das richtige Zimmer ausfindig zu machen. Obwohl … bis jetzt hatte die Dame einen wirklich kompetenten Eindruck auf ihn gemacht.

»So, hier ist es!«, sagte Mrs. Kruger, zog eine Generalkarte, mit der sie alle Zimmer öffnen konnte, hervor und hielt ihnen zwei Sekunden später die Tür auf. »Natürlich wurde das Zimmer inzwischen gereinigt, aber immerhin hatten wir hier bisher noch keine neuen Gäste.«

Nat runzelte die Stirn. »Sie scheinen sich ja jetzt doch sicher zu sein, sofort das richtige Zimmer getroffen zu haben.«

Die Frau im blauen Kostüm wurde ein wenig rot, biss sich leicht auf die Lippen und kratzte sich dezent mit dem Zeigefinger am hochgesteckten Dutt. »Am besten vergleichen Sie mal die Videobilder mit dem, was Sie sehen können.«

Nat hatte schon sein Handy in der Hand und hielt es in die Luft. »Genau das hatte ich vor«, antwortete er grinsend.

»Da bin ich jetzt auch gespannt«, sagte Mrs. Gibbs und stellte sich mit verschränkten Armen neben eins der Betten.

Nat schaltete sein Handy ein und ließ den Film laufen, während er das Zimmer durchschritt und Realität und Film verglich. Er erreichte das Fenster, nahm sich Zeit und kam dann zu dem Schluss, dass die Perspektive noch nicht ganz stimmte. Für seinen Geschmack waren sie zu weit rechts.

Er reichte Linda Kruger sein Handy. »Es tut mir leid, ich glaube, das ist es noch nicht. Bitte vergleichen Sie selbst.«

»Gerne«, sagte sie und wiederholte die Prozedur, die Nat gerade gemacht hatte. »Sie haben recht. Wir müssen zwei Räume weiter nach links! Kommen Sie bitte!«

Die drei verließen den Raum und betraten kurze Zeit später ein weiteres Hotelzimmer.

»Gut, dann probiere ich nochmal mein Glück!«, sagte Nat und schritt mit dem Handy in der Hand den

Weg zum Fenster ab. Dort blieb er stehen und prüfte mehrere Minuten, ob der Ausblick wirklich derselbe war wie im Film. Dann drehte er sich um.

»Und?«, fragte die Managerin des Hotels. »Ist es jetzt das richtige Zimmer?«

Nat verzog den Mund und ging auf Linda Kruger zu. »Ich befürchte ...«

Kruger sah ihn mit großen Augen an. »Was?«

»Ich befürchte, ich muss mich bei Ihnen entschuldigen. Ich hatte nicht gedacht, dass Sie wirklich in der Lage sind, das richtige Zimmer ausfindig zu machen.«

Sie lachte befreit. »Also hatte ich recht? Ich hatte schon gedacht ...«

Nat fasste ihr an die Schulter und lachte. »Es passt alles perfekt! Das haben Sie sehr gut gemacht. Vielen Dank!«

Während Nat wieder an das Fenster schritt, ging Mrs. Gibbs auf Kruger zu und schüttelte ihr die Hand. »Gute Arbeit, Linda. Sie können jetzt wieder zurück in ihr Büro gehen.«

»Es freut mich, dass ich helfen konnte, Mrs. Gibbs! Agent Porter!«

Nat drehte sich herum und nickte Kruger zu, die schon auf dem Weg zur Tür war. »Auf Wiedersehen und vielen Dank nochmal!«

»Gern geschehen!«, rief sie lachend zu und verließ das Zimmer.

Mrs. Gibbs trat zu Nat an das Fenster. »Welche Erkenntnisse erhoffen Sie sich jetzt aus dem Wissen, dass derjenige, der den Film gemacht hat, hier im Zimmer war?«

Nat schloss für einige Sekunden seine Augen. Die Müdigkeit kam bei ihm durch, doch er musste sich zusammenreißen. »Gute Frage. Als erstes werde ich mich hier jetzt noch einmal genau umsehen, vielleicht fällt mir noch irgendetwas auf. Und Sie würde ich bitten nachzuforschen, wer das Zimmer zur besagten Zeit gebucht hatte. Ich bräuchte den Namen des Gastes und ich müsste wissen, wie er gezahlt hat. Bar oder mit Kreditkarte. Außerdem wäre ich Ihnen sehr dankbar, wenn mir jemand die Aufnahmen der Videotapes aus der Lobby, aus dem Gang dieser Etage und den Fahrstühlen für den Zeitraum zehn Stunden vor – und 3 Stunden nach dem Achterbahnunglück zusammenschneiden könnte.«

Miranda Gibbs sah Nat eindringlich an und nickte. »Natürlich, Agent Porter.« Er hatte in der letzten Minute das Gefühl gehabt, die Managerin war noch näher an ihn herangerückt. »Wie dringend brauchen Sie es denn?«, fragte sie nun mit einer butterweichen Stimme.

Oh nein, dachte Nat. *Nicht schon wieder.* Er wusste nicht, woran es lag, aber er übte anscheinend immer wieder eine starke Anziehungskraft auf bestimmte Frauen aus. Der Unterschied zu seinem früheren Leben war allerdings, dass er dank Cindy nun immun gegen solche Annäherungsversuche geworden war. Er trat einen Schritt zurück, um ein wenig Abstand zwischen sich und die Frau zu bringen. »Am besten sofort; dann kann ich die Daten gleich mitnehmen, wenn ich hier fertig bin, und sie unserer Systemanalytikerin für eine Auswertung geben.«

Gibbs sah ihn etwas enttäuscht an, presste kurz die Lippen aufeinander und sagte: »Gut. Dann mache ich mich mal auf den Weg. Sie können in einer Stunde bei mir im Büro vorbeikommen und sich die Informationen abholen. Ich werde alles Nötige in die Wege leiten!«

»Sehr schön, vielen Dank für Ihre Kooperationsbereitschaft, Mrs. Gibbs.«

»Sagen Sie doch bitte Miranda!«

»Vielen Dank, Miranda. Ich melde mich dann bei Ihnen.«

Die Managerin ging in Richtung Tür. Sie hatte verstanden, dass sie nun besser gehen sollte. »Gut. Dann bis nachher.«

»Ja«, antwortete Nat. »Bis nachher.« Er schaute ihr nach, bis die Tür ins Schloss gefallen war. Dann trat er zurück an das Fenster und sah hinaus auf das *New York New York*. Was sollte er in diesem Zimmer? Das konnte doch kein Zufall sein, dass er jetzt hier stand. Jemand versuchte, ein Spiel mit ihm zu spielen, da war er sich mittlerweile sicher. Gerade nach diesem seltsamen Video mit den Geistern.

Gab es vielleicht irgendwo eine Botschaft für ihn?

6

Las Vegas
Donnerstag, 29. Dezember

Nat ärgerte sich, dass er nicht einen Koffer zur Spurensicherung dabei hatte. Alles was ihm jetzt blieb, war eine grobe Durchsuchung der Räume. Er zog ein paar Plastikhandschuhe über und machte sich akribisch an die Arbeit. Jede Ecke, jedes vermeintliche Versteck im Bad, im Flur und im Schlafbereich wurde unter die Lupe genommen. Nichts. Eine halbe Stunde später stand er vor dem kleinen Tisch in der Nähe des Fensters und hielt die Menükarte des Hotels in den Händen. Prompt fing beim Durchlesen der Karte sein Magen an zu knurren. Er sah auf die Uhr. Sie zeigte fünf Uhr nachmittags. *Kein Wunder, ich habe seit dem Frühstück nichts mehr gegessen.* Er legte seufzend die Mappe mit den Informationen beiseite und fing an, die beiden Stühle links und rechts des Tisches hochzuheben und beiseite zu stellen. *Ganz schön schwer,* dachte er. Er wollte es sich schon fast ersparen, auch den Tisch anzuheben, als er unter dem massiven Tischbein etwas Weißes aufblitzen sah. Nat ging in die Hocke, kippte den Tisch ein wenig zur Seite und zog ein Stück weiße, zusammengeknickte Pappe hervor. *Das kann eigentlich nicht zum Ausgleichen dort hingesteckt worden sein, bei nur einem zentralen Tischbein,* dachte Nat, als er sich aus der Hocke wieder erhob. Und tatsächlich. Als er sich das Stück Pappe näher ansah, erkannte er, dass es sich um eine Spielkarte handelte. *Spielkarte? Hatte Matt im Zusammenhang mit Mrs. O'Connor nicht auch eine Spielkarte erwähnt?*

Da es in den letzten Minuten immer dunkler im Raum geworden war, zog Nat an der goldenen Kordel der Lampe, damit er mehr Licht zur Verfügung hatte. Nun konnte er erkennen, worum es sich bei dem, was er in den Händen hielt, handelte. Es war anscheinend eine Monopoly-Ereignis-Karte. Nat runzelte die Stirn, als er den Text las. Er war kein großer Fan des Spiels und hatte es nur ein oder zwei Mal in seinem Leben gespielt, aber er war sich sicher, dass dieser Text ein Fake war.

DIE ACHTERBAHN IST LEIDER
SCHON GESCHLOSSEN!
SPARE 200 DOLLAR, RÜCKE VOR UND
GEHE STATTDESSEN ZU EINER
BEDEUTSAMEN UND FOLGENREICHEN FEIER
AUF DEM LAS VEGAS BLVD!

Nat setzte sich auf einen der Stühle. Er hatte recht gehabt! Es handelte sich um einen Amoklauf größeren Ausmaßes! Der Täter hatte noch nicht vor aufzuhören. Als Nächstes sollten viele Leute auf einer Feier sterben! Nur auf welcher? Es gab täglich Hunderte von Feiern in Las Vegas. Warum gab er ihnen einen so sinnlosen Hinweis? Nat fielen wieder die Worte Villanos ein, der gesagt hatte, dass der Täter alles ins Lächerliche zöge. Sollten sie jetzt mit allen Mitteln versuchen, diese Feier ausfindig zu machen? Das war wirklich lächerlich! Er musste mit Grant sprechen, um alle Möglichkeiten, die ihnen blieben, abzuwägen.

Er verließ das Hotelzimmer, fuhr mit dem Fahrstuhl hinunter und begab sich noch einmal zu dem Büro der Managerin. Das Gespräch verlief insgesamt viel nüchterner als das erste. Sie blieb sachlich, händigte Nat die gewünschten Medien und eine Liste der infrage kommenden Hotelgäste aus und verabschiedete ihn freundlich, nachdem er angekündigt hatte, dass Spurenermittler das Zimmer untersuchen würden und bis dahin niemand mehr den Raum betreten dürfte.

Danach fuhr er direkt ins Büro zurück und traf dort auf Hanson, der sich gerade einen Becher mit Wasser füllte. »Ah! Gut, dass du kommst, Chef. Wir haben für dich etwas vom Chinesen mitgebracht«, sagte er kauend. »Gebratene Nudeln mit Huhn, und ein paar Frühlingsröllchen sind auch noch da!«

Nat schluckte. Bei dem Gedanken an das Essen lief ihm das Wasser im Munde zusammen, aber er hatte soviel anderes im Kopf, was er mit seinen Leuten besprechen wollte.

»Das muss warten, Matt«, sagte er schroffer, als er wollte, und ging weiter. »Besorge mir bitte die Dinge, die Mrs. O'Connor bei sich hatte, als sie aufgefunden wurde, und dann halten wir direkt eine Teambesprechung ab. Und zwar im Sitzungsraum. Hier riecht es zu stark nach chinesischem Essen.«

Zehn Minuten später saßen Villano und Grant ihrem Chef im Besprechungsraum gegenüber und kamen nicht umhin, sich anzusehen und loszuprusten vor Lachen.

Nat sah hoch. »Was ist denn daran so lustig?«

»Ach nichts, du siehst nur aus, wie jemand, der schon seit drei Wochen nichts mehr gegessen hat!«

»So fühle ich mich auch«, sagte Nat und schob sich ein kleines Frühlingsröllchen zwischen die Zähne.

Hanson betrat den Raum und konnte sich einen bissigen Kommentar nicht verkneifen. »Na so was! Nat! Hast du doch Zeit zum Essen gefunden? Erstaunlich!«

Der letzte Bissen wanderte in Nats Mund und dann warf er den Pappbecher samt Stäbchen direkt in den Mülleimer neben sich. Er winkte Matt zu sich. »Ich ...«, sagte er noch kauend und schluckend,

»… ich habe nur versucht, die Zeit effektiv zu nutzen, bis du wieder da bist! Zeig mal direkt her, was du da in der Tüte hast!«

Hanson reichte ihm die Tüte und setzte sich zu seinen Kollegen. »Hat er euch schon etwas gesagt?« fragte er sie neugierig.

Grant schüttelte den Kopf. »Nichts gesagt und nichts gefragt!«

Nat zog derweil das Gesuchte aus der Plastiktüte und las sich den Text auf der Spielkarte durch.

MANN UND MAUS BRENNEN
IN DER HOLLISTER STREET!
KASSIERE DIE VERSICHERUNGSSUMME UND
RÜCKE VOR BIS ZUM NEW YORK NEW YORK!

»So ein verdammter Mist!«, rief Nat und schlug mit der flachen Hand auf den Tisch.

Grant riss die Augen auf. »Was ist denn, Nat? Kannst du uns bitte mal aufklären?«

Nat machte für eine Sekunde die Augen zu und versuchte sich zu beruhigen. Sein Team jetzt anzublaffen, war extrem ineffektiv. Stattdessen atmete er einmal tief ein und aus und hielt die beiden Karten in die Höhe. »Seht ihr die beiden Karten hier? Die rechte habe ich heute in dem Hotelzimmer gefunden, aus dem heraus der Film gedreht worden war.«

»Was?«, rief Villano. »Du hast das Zimmer wirklich gefunden? Respekt, sage ich da nur.«

»Ja, habe ich, aber darum geht es jetzt nicht, Joe. Bitte hört mir jetzt zu! Also – ach, wisst ihr, ich reich' sie euch einfach mal rum. Dann wisst ihr, worum es geht.« Nat gab Grant beide Karten und wartete, bis alle drei sie angesehen hatten.

»Wow! Krass!«, rief Hanson. »Den Text der ersten Karte hat sich wohl niemand genau durchgelesen.«

»Oder doch, aber keiner hat was damit anfangen können, weil es ja nur um eine verwirrte Frau ging«, gab Grant zu bedenken.

»Ich glaube auch nicht, dass wir mit dem Wissen den 2. Amoklauf hätten verhindern können.«

Nat nickte. »Das glaube ich auch. Doch nun geht es um den nächsten Hinweis. Anscheinend will er eine Feier in irgendeiner Art – sagen wir mal „sprengen".«

»Und ich denke, bei dem Tempo, das er vorlegt, wird es spätestens morgen soweit sein«, sagte Grant. »Wie sollen wir da die richtige Feier finden, um die Leute zu warnen?«

Nat sah sie bedeutungsschwer an. »Genau das wollte ich eigentlich dich fragen. Es gibt keine Chance, oder?«

Die Halbasiatin nahm ihre quietschbunte Brille ab. »Ich fürchte, ich muss dir recht geben. Es gibt Hunderte von Feiern jeden Tag in Las Vegas!«

Nat biss sich auf die Lippen. Damit hatte er schon gerechnet. Er zog seine Ledertasche unter dem Tisch hervor und nahm den Umschlag heraus, den er von Mrs. Gibbs, der Hotelmanagerin, bekommen hatte. »Hier habe ich noch Videoaufnahmen aus dem *Excalibur* und auch den Namen eines Mannes, der zu der fraglichen Zeit des Gondelabsturzes das Hotelzimmer gemietet hatte.«

»Darum kümmere ich mich«, sagte Villano. »Doch das wird wahrscheinlich nicht viel bringen.«

Grant nahm die DVD mit den Videomitschnitten an sich. »Ich sehe mal, ob ich ein gutes Gesicht auf den Filmen finde, das ich mit unserer Datenbank abgleichen kann!«

»Dann fange am besten mit der Datei an, die den Flur anzeigt, auf dem das Zimmer liegt. Da besteht für dich die größte Chance.«

»Okay. Alles klar!«, sagte sie und wollte wie die anderen aufstehen.

»Wartet mal kurz, bitte! Bringt mich auch mal auf den neuesten Stand, was eure Aufgaben, die ihr erledigen solltet, angeht.« Dann sah er Hanson an. »Hatte Dr. Carson endlich Erfolg?«

Hanson schüttelte den Kopf. »Leider nein. Sie wird morgen früh weiter mit den Frauen arbeiten.«

»Okay. Wir müssen dringend wissen, ob sie ihren Peiniger gesehen haben und ob sie ihn beschreiben können!« Dann sah er auffordernd zu Grant.

»Ich sollte die Vita der Dearings erforschen, habe dir die Ergebnisse auf deinen Tisch gelegt, kann dir aber auch sagen, dass dabei nichts Spektakuläres herausgekommen ist. Alles ist ziemlich normal abgelaufen. Lies es dir einfach durch!«

»Verwandte, die wir verständigen können?«, fragte Nat.

»Ja, die Liste habe ich ganz vorne in die Mappe getan, dann kannst du sie Clarice weitergeben.«

»Danke dir, Key!« Sein Blick ging ohne Umschweife zu Villano.

»Ich habe nach ähnlichen Fällen gesucht, bei denen Leute erpresst wurden, zum Amokläufer zu werden, um jemanden zu schützen, doch ehrlich gesagt habe ich da rein gar nichts gefunden. Scheint so, als hätte dieser Psycho sein persönliches Spielchen erfunden.«

»Hm. Nach dem Auftauchen der selbstgemachten Ereigniskarten hast du mit dieser Aussage sogar mehr als recht.« Nat nahm die Klarsichtbeutel zur Hand. »Apropos Karten. Matt, würdest du die bitte zur Spurenanalyse ins Labor bringen. Vielleicht haben wir Glück und es sind Fingerabdrücke darauf.«

»Klar, mache ich.« Er nahm die Beutel an sich und verließ, wie die anderen den Raum. Nat blieb allein zurück. *Was für ein Tag*, dachte er und strich sich mit der Hand über sein Kinn. Wie konnten sie die nächste Katastrophe verhindern? Was für eine Feier sollte zu einem Szenario mit erweitertem Suizid werden?

Zwei Stunden später stellte Nat sein Motorrad in der Tiefgarage des Hochhauses ab, in dem er mit Cindy lebte, und fuhr mit dem Fahrstuhl nach oben. Er hatte die Schnauze gestrichen voll und war froh, wieder zu Hause zu sein. Weder die Gesichter aus den Videoaufnahmen, die Grant mit der Datenbank abgeglichen hatte, hatten ein Ergebnis geliefert, noch gab es irgendwelche Fingerabdrücke auf den gefakten Spielkarten. Der Pass des Mannes, der das Zimmer für den Zeitraum gemietet hatte, sowie dessen Kreditkarte waren erst vor kurzem als gestohlen gemeldet worden und brachten sie somit keinen Schritt weiter. Sie hatten nichts! Nur die vage Hoffnung, dass Dr. Carson bald zum Gedächtnis der Frauen durchdringen würde.

»Darling?«, rief er in den Flur, als er seine Wohnungstür aufschloss.

Cindy kam ihm barfuß entgegen und gab ihm einen Kuss. Sheila hatte sie sich zum Bäucherchen machen auf die Schulter gelegt. »Endlich bist du da! Ich brauche dringend mal einen Erwachsenen zum Reden«, lachte sie ihn fröhlich an.

Nat zog seine Schuhe aus, warf seine Tasche auf das kleine Tischchen im Flur und folgte Cindy ins Wohnzimmer. Er umarmte sie liebevoll von hinten und kam nicht umhin, dabei gleichzeitig seine friedlich schlummernde Tochter anzuschmachten. »Oh, mein Gott«, sagte er leise. »Sie ist so süß und friedlich!«

Cindy drehte ihren Kopf zu ihm um, während sie sich weiterhin von Nat den noch leicht gewölbten Bauch streicheln ließ. »Das kann nur jemand sagen, der den überwiegenden Teil des Tages nicht da ist«, grinste sie. »Manchmal ist sie tagsüber noch lauter als nachts.«

Nat ließ sie los und lachte. »Oh, nein. Das kann nicht sein. Noch lauteres Geschrei geht gar nicht!«

Cindy ging in Richtung Sofa, zog Nat mit sich und legte Sheila auf dem Weg dorthin in den Stubenwagen.

Als sie sich auf der Couch zusammengekuschelt hatten, streichelte Nat zärtlich über Cindys Haare und schloss für einen Moment die Augen.

»War es ein harter Tag für dich?«, fragte Cindy einfühlsam. Gleichzeitig sah sie das Pflaster auf Nats Hand und griff nach ihr. »Hast du dich verletzt?«

Nat öffnete seine Augen wieder. Er war hundemüde und gähnte. »Ach ja. Die Hand. In die hat mich heute eine Katze gebissen. Sie war wohl länger eingesperrt, und als ich auf sie traf, hat sie mich angefallen und gebissen.«

»Tut es weh? Ich finde, sie sieht ein wenig rot aus, oder? Nicht, dass sich das entzündet«, sagte Cindy besorgt. »Hast du die Wunde desinfiziert?«

»Ähm, ich habe sie ausgewaschen und dann ...« Er fasste sich an den Kopf. »Oh, Mann. Ich wollte sie in dem Haus desinfizieren, bin aber drüber weggekommen, weil ich mit Key telefoniert habe.«

Cindy hob besorgt ihre Augenbrauen. »Du hast es nicht desinfiziert?« Sie war zwar medizinisch nicht sehr bewandert, aber diese Aussage alarmierte sie nun doch. Sie nahm Nats Hand und zog mit einem Ruck das Pflaster weg.

»Au!«, rief Nat empört. »Was machst du da?«

»Hey«, grinste Cindy ihn an. »Du bist FBI-Agent. Schon vergessen? Das musst du schon verkraften.«

Nat schlug schamhaft seinen Blick runter. »Okay. Ma'am. – Au!«, rief er gleich im nächsten Moment noch einmal. Cindy hatte seine Hand rund um den Biss abgetastet und sprang jetzt auf, um ein helleres

Licht einzuschalten.

Rund um den Biss war die Haut knallrot. »Das sieht gar nicht gut aus, Nat. Fühlt sich die Stelle auch heiß an?«

Nat zog seine Hand hoch und betrachtete sie von nahem. »Wenn du mich jetzt so direkt fragst. Ja, tut sie.«

Cindy stand auf, zog sich ihre Jogginghose aus und griff zu ihrer Jeans. Dann nahm sie Sheila aus dem Stubenwagen und legte sie in den transportablen Autositz.

Nat beobachtete sie und wunderte sich. »Hast du noch etwas vor? Wo willst du hin?«

Cindy blieb mitten in der Bewegung stehen und starrte Nat an. »Wo ich hin will? Wir fahren jetzt gemeinsam in die Notaufnahme. Das muss sich dringend ein Arzt ansehen. Und auf dem Weg dorthin erzählst du mir, wie du auf die einsame Katze gestoßen bist.«

Nat erhob sich seufzend. Das war es wohl mit seinem gemütlichen Abend mit seiner Freundin auf dem Sofa ...

7

1979. Stephen ging zum Sofa und rüttelte am Arm seiner Tante, die mit dem Kopf auf einem Berg alter selbstbestickter Kissen lag und schnarchend schlief. »Tante Mimi? Ich habe Hunger! Mein Magen knurrt!«

»Lass mich!«, murrte sie und schob ihn im Halbschlaf von sich.

»Aber …«

Tante Mimi erhob sich wie eine Furie, und wie von einem plötzlichen Adrenalinrausch erfüllt, knallte sie ihm eine Ohrfeige ins Gesicht. »Ich habe gesagt, du sollst mich in Ruhe lassen!!!«

Der Junge hielt sich erschrocken die geschlagene Wange und wich zurück. Seine Tante bot mit den rosafarbenen Lockenwicklern, die sich schon zum großen Teil gelöst hatten, und dem speichelverschmierten, rot geschminkten Mund einen erschreckenden Anblick. Die Augen lagen tief in ihren Höhlen und waren umrahmt von dunklen Schatten, die einerseits von Schminke herrührten, andererseits das Ergebnis ihres leichten Lebenswandels waren. Doch davon wusste er nicht viel. Er hatte jedoch mal mitbekommen, wie Nachbarn über seine Tante und ihn tuschelten und dabei auch das Wort Unterhalt fiel, was immer das wohl sein mochte.

Enttäuscht verließ er das Zimmer, setzte sich vor das Haus auf die Holzveranda, die ihre besten Zeiten schon hinter sich hatte, und weinte.

Zwei Tage später kamen am späten Vormittag zwei fremde Männer zu ihnen ins Haus. Sie schickten ihn hinaus, sprachen kurz mit seiner Tante und kamen schließlich mit dem Koffer heraus, den er damals nach dem Tod seiner Eltern mitgebracht hatte.

Einer der Männer packte seine Hand und zog ihn

mit Gewalt zum Auto. »Los, komm schon. Du musst mit mir kommen. Deine Tante will es so!«

»Aber ….« Er sah sich zu seiner Tante Mimi um, die kalt und ohne jede Regung zu zeigen auf der Veranda stand und hinter ihnen hersah, während ihn einer der Männer auf den Rücksitz des schwarzen Buick schob und ebenfalls einstieg.

Der Wagen setzte sich in Bewegung. Entsetzt sah er aus dem hinteren Fenster, doch seine Tante war nicht mehr da. Sie war gegangen. Tränen stiegen auf und begannen seine Augen zu füllen, als er begriff, was vor sich ging. »Wo bringen Sie mich hin?«

Der Mann, der neben ihm saß, fasste ihm an den Oberschenkel und fing an, ihn sanft zu massieren. »Du brauchst keine Angst haben, Kleiner. Wir fahren jetzt zu einem Haus, wo sehr viele nette Onkel auf dich warten, die nur mit dir spielen wollen.«

»Spielen?«, fragte Stephen ungläubig, während er spürte, dass die Hand des Mannes immer weiter zwischen seine Beine wanderte.

8

Las Vegas
Freitag, 30. Dezember

Gegen ein Uhr nachts vibrierte Nats Diensthandy plötzlich auf dem Nachttisch. Nat stöhnte laut. Das konnte doch nicht wahr sein. Er war gerade nach dem letzten Stillen dabei gewesen, wieder einzuschlafen. Mit geschlossenen Augen tastete er nach dem Telefon und stieß sich mit seiner beim Notfalldienst versorgten Hand am Nachttisch an. »Oh!«, stöhnte er erneut, nahm das Handy in die Hand und sah auf das Display. »Der Division Chief«, murmelte er leise. Mit ihm hatte er noch kurz telefoniert, bevor er nach Hause gefahren war, und ihn über die neuesten Erkenntnisse ins Bild gesetzt. Dass er jetzt mitten in der Nacht anrief, konnte nichts Gutes bedeuten.

Eine halbe Stunde später traf er zeitgleich mit Villano und Hanson am Haupteingang des *Venetian* Hotelcasino ein. Vor dem Eingang standen mehrere Kranken- und Polizeiwagen, und Kollegen der Polizei versuchten, die Medienvertreter und die Schaulustigen im Zaum zu halten.

»Was ist denn passiert? Keiner sagt uns etwas«, äußerte Hanson ratlos und sah Nat fragend an. Doch der griff zuerst einmal mit seiner verbundenen Hand nach der Coladose, die sein junger Kollege in der Hand hielt und nestelte gleichzeitig eine der Antibiotika-Tabletten aus der Verpackung, die er auf dem Weg in einer Apotheke besorgt hatte. »Kann ich mal einen Schluck von dir schnorren?«

»Ähm, ja klar«, sagte Hanson, nachdem Nat die Dose sowieso schon in den Händen hatte. Er zeigte auf den Verband. »Was hast du denn mit der Hand gemacht? Du hast gar nicht erzählt, dass du dich verletzt hast.« Er grinste anzüglich. »War das etwa ein Nahkampf mit Cindy?«

»Ach«, wiegelte Nat ab. »Dearings Katze hat mich gebissen und es hat sich ein wenig entzündet. Alles halb so schlimm. Wurde im Krankenhaus behandelt.« Er zeigte auf die Tablettenpackung. »Nun schlucke ich noch dieses Zeug, und dann wird das schnell wieder.«

»Ob Cola zum Runterspülen das richtige ist, bezweifle ich allerdings«, gab Villano zu bedenken.

Nat überhörte den Einwand. »Kommt, lasst uns lieber hineingehen. Ich befürchte, es gibt viel für uns zu tun.«

»Nat, jetzt erzähl nochmal. Was ist genau passiert?«, fragte Hanson.

Villano, dessen Statur etwas kleiner war, trippelte dem schnell ausschreitenden Nat hinterher. »Das würde mich auch brennend interessieren. Ich habe eben von einem Reporter etwas wie „Attentat" gehört.«

Nat antwortete nicht direkt auf die Frage, denn er wollte sich erst einmal darum kümmern, einen Polizisten zu finden, der sich bereit erklärte, ihnen den Weg zu weisen. Dann ließ er sich ein wenig zurückfallen, bis seine Kollegen mit ihm auf einer Höhe waren.

»Die Bürgermeisterin ist tot«, sagte Nat mit angespanntem Gesichtsausdruck.

»Die Bürgermeisterin?«, fragte Villano entsetzt nach.

Hanson war ebenso geschockt. »Dein Ernst?«

»Doch nicht nur sie«, sprach Nat weiter. »Auch ihr frischgebackener Schwiegersohn, der zudem Polizist war, ihr Ehemann und noch weitere 85 Gäste. Darunter ebenfalls viele Polizisten.«

Sie stellten sich in dem Gang an die Seite und ließen entgegenkommende Rettungskräfte mit Tragen durch.

Nat sah ihnen mit einem Kloß im Hals hinterher.

»Also war es die Hochzeitsfeier der ...«, fing Villano laut an zu denken.

»Der Tochter der Bürgermeisterin«, vollendete Nat den Satz.

»Ach du Scheiße!«, rief Hanson aus. »Denkt ihr, das ist die Feier, die der Täter gemeint hatte?«

Die Frage blieb zunächst unbeantwortet, denn der Polizist, der sie über die vielen Gänge zu dem Saal gebracht hatte, in der die Feier so ein jähes Ende genommen hatte, blieb stehen und sagte: »So, da wären wir. Erschrecken Sie bitte nicht.«

»Keine Sorge, wir haben schon einiges ...« Die Worte blieben Hanson ihm im Halse stecken, als er um die Ecke bog und in den Saal sehen konnte. »... in der Hinsicht gesehen«, murmelte er den Rest des Satzes leise vor sich hin. Dann hielt er sich vor Entsetzen die Hand vor den Mund.

»Jesus!«, gab Villano geschockt von sich und rümpfte kurz danach seine Nase. »Riecht ihr das auch? Was ist das? Fäkalien?«

Nat konnte ebenfalls nicht glauben, was er sah. Überall lagen tote Menschen. Ihre Gesichter waren blau angelaufen und jedes einzelne sprach Bände, welche Qualen die letzten Lebensminuten mit sich gebracht haben mussten. Ihm fiel auf, dass die meisten in Reih und Glied in der Nähe der Türen lagen. Bei einigen am Boden liegenden Leuten hielten sich Ärzte und Rettungskräfte auf, die mit allen Kräften um deren Leben kämpften. Was war hier bloß passiert?

Saul Chapman, der Division Chief, kam mit einem anderen Herrn im Schlepptau auf die FBI-Agenten zu.

Sie gaben sich die Hand und Chapman stellte sie einander vor. »Porter, das ist Jeremy Higgins, der nun die Stadt Las Vegas vertritt, da die Bürgermeisterin und auch ihr Stellvertreter, der ebenfalls der Hochzeitsfeier beigewohnt hatte, ums Leben gekommen sind.«

Nat nickte dem groß gewachsenen Mann mit Halbglatze und im Anzug gekleidet zu.

»Mr. Higgins, das ist Supervisory Special Agent Nat Porter, der gerade in den Fällen ermittelt, von denen ich Ihnen eben berichtet habe.«

»Agent Porter«, grüßte Higgins Nat knapp.

Nat nickte. »Mr. Higgins.«

Jeremy Higgins zeigte in die Runde und sah Nat dann mit besorgter Miene an. »Ich muss ja wohl nicht betonen, wie wichtig es ist, den Tod der Bürgermeisterin, ihrer Familie und den vielen anderen bedauernswerten Opfern aufzuklären. Und das muss ziemlich schnell passieren, denn es ist zu befürchten, dass uns jetzt, wenn der Vorfall bekannt wird, die Gäste ausbleiben und die Touristen ihre Zimmer stornieren. Es ist immerhin die umsatzreichste Zeit des Jahres, aber das wissen Sie ja selbst.«

Wenn das ihre einzige Sorge ist, dachte Nat. Nichtsdestotrotz nickte er Higgins verständnisvoll zu, um den aufgebrachten Mann zu beruhigen.

Er wandte sich dem Division Chief zu. »Können Sie mich eventuell kurz ins Bild setzen, warum Sie anscheinend einen Zusammenhang zu den anderen Vorfällen sehen?«

»Nachdem Sie mich am Abend anriefen und mir die neuesten Ergebnisse mitgeteilt hatten, sehe ich einige Parallelen. Erstens handelt es sich um eine der von Ihnen erwähnten möglichen Feiern, die als nächstes Anschlagsziel angekündigt worden war. Zweitens fanden wir bei einem der Aushilfsbarkeeper eine Ereigniskarte, so wie Sie sie mir am Telefon beschrieben hatten. Drittens gibt es sehr viele Opfer. Sie wurden mit einem schnell wirkenden Gift umgebracht. Es ging mit allgemeinem Unwohlsein los, nachdem fast die gesamte Hochzeitsgesellschaft nach einem Toast des Brautvaters mit Sekt angestoßen hatte.«

Villano, der genau wie Hanson interessiert zugehört hatte, unterbrach ihn. »Sie sagten: 'Fast alle'?«

Chapman nickte und zeigte auf ein paar Leute, die alle in einer Ecke des Saals auf Stühlen saßen und von Psychologen betreut wurden. »Ja, überlebt haben diejenigen, die nicht von dem Sekt getrunken hatten. Darunter ist auch die schwangere Tochter der Bürgermeisterin, mehrere Moslems und ein paar Kinder.«

Nat sah zu der völlig aufgelöst wirkenden Braut hinüber und nickte. »Erzählen Sie bitte weiter, Chief!«

»Wie gesagt, zuerst war bei allen Unwohlsein vorhanden, dann kamen die ersten Koordinationsstörungen hinzu, gefolgt von Muskelschwäche, Erbrechen, Durchfall, Atemproblemen und schließlich Atemstillstand.«

»Und das alles ging so schnell?«, fragte Hanson. »Weiß man schon, um welches Gift es sich handelt?«

»Der anwesende Gerichtsmediziner hat die wage Vermutung geäußert, dass es ich um das Gift des Kugelfisches handeln könnte. Also die Substanz Tetrodotoxin, die sehr schnell auf des Nervensystem einwirkt.«

»Das Gift des Kugelfisches«, wiederholte Nat nachdenklich.

»Der Gerichtsmediziner nimmt an, dass es in Pulverform und in hoher Dosierung dem Sekt beigemischt worden ist«, führte Chapman weiter fort.

Nat zeigte in den Raum. »Und wissen Sie bereits, warum die Opfer in der Nähe der Türen so aufgereiht daliegen?«

»Es war wohl so, dass jemand alle Türen von innen abgeschlossen hatte, sodass niemand Hilfe holen konnte. Die Opfer und die vom Gift Verschonten haben verzweifelt an die Türen gehämmert und auch versucht sie aufzubrechen, hatten aber keine Chance. Gleichzeitig gingen auch Dutzende Anrufe über die Notrufzentrale ein. Letztendlich kam die Hilfe in den allermeisten Fällen zu spät, die Helfer mussten die Toten aus dem Weg räumen und haben sie dann so aufgereiht.«

Nat nickte. Der Täter hatte durch seine Anweisungen an den Attentäter wieder für eine möglichst hohe Zahl von Opfern gesorgt.

Eine Polizistin unterbrach plötzlich das Gespräch und reichte Chapman einen durchsichtigen Beutel. »Hier ist das Beweisstück, das wir vorhin im Mund des toten Barkeepers entdeckt haben.«

Nat erkannte sofort, was sich in dem Beutel befand, und griff vorsichtig danach. »Darf ich, Chief?«, fragte er vorsichtig.

Chapman überließ ihm den Beutel bereitwillig. »Hier, bitte sehr.«

Nat ersparte es sich, Handschuhe anzuziehen und die nachgemachte Monopoly-Ereignis-Karte aus dem Beutel zu holen, sondern besah sich den Text direkt durch die klare Plastikschicht des Beutels.

Er las laut vor:

DU BIST ZU SPÄT GEKOMMEN!
DIE FEIER IM HOTEL IST LEIDER SCHON VORBEI!
SUCHE WEITER NACH MIR,
DENN AM JAHRESENDE GEHEN
NICHT NUR RAKETEN IN DIE LUFT!

Nat sah erst Chapman und dann seine Kollegen mit ernstem Blick an. Das war wie ein Schlag in die

Magengrube. Er warf ihnen vor, ihren Job nicht richtig zu machen, doch sie hatten ja gar keine Chance gehabt, ohne jeglichen Anhaltspunkt. Das Schlimmste jedoch war, dass der Täter noch nicht vorhatte aufzuhören. Der vermeintlich größte Anschlag würde noch folgen, und wie es sich anhörte, würde es eventuell ein Sprengstoffanschlag werden.

»Wenn Sie mich fragen, ist es höchste Zeit, dass Sie diesen verrückten Psychopathen endlich schnappen!«, fing Jeremy Higgins an herumzulamentieren.

Ach, wirklich?, dachte Nat und warf dem Mann einen düsteren Blick zu. *Was denkt er eigentlich, was wir die ganzen letzten Tage versucht haben?*

Chapman nahm seine Leute in Schutz. »Ich denke, das Team leistet hervorragende Arbeit, und es ist sich seiner großen Verantwortung bewusst, Mr. Higgins.«

Higgins fasste Chapman am Arm, zog ihn ein Stück auf die Seite und dachte anscheinend, jetzt höre ihn niemand anderes mehr. »Sie wissen, dass ich unter normalen Umständen jetzt einen Krisenstab einberufen, den Fall von Ihrem Team abziehen und ihn von einer Spezialeinheit bearbeiten lassen müsste«, sagte er mit ernstem Gesicht. »Doch erstens kann sich die Stadt jetzt kurz vor Silvester kein Riesenspektakel mit Special Forces, Flughafensperrung, Fahrzeugkontrollen ecetera leisten! Tausende zahlende Gäste würden wegbleiben, und wir würden riesige Verluste schreiben! Und zweitens kennt sich Ihr Team am besten in der Stadt aus und hat schon etliche hervorragende Erfolge aufgrund anderer Fälle vorzuweisen. Deshalb: Halten Sie das Team so klein wie möglich! Ich übernehme für dieses Vorgehen die volle Verantwortung.«

Chapman nickte. »Ich verstehe.«

»Gut«, sagte Higgins. »Halten Sie mich auf dem Laufenden. Ich muss jetzt weiter.«

»Natürlich, Mr. Higgins«, antwortete Chapman.

Nat beobachtete, wie Higgins den Saal verließ.

»Ich denke, Sie haben mitbekommen, was Mr. Higgins mir eben vertraulich mitgeteilt hat«, vermutete Chapman, der wieder zu ihnen getreten war.

»Das haben wir, Sir.«

»Dann machen wir es genau so. Wir halten das Team klein, und Sie suchen sich bei Bedarf Hilfe aus den anderen Teams Ihrer Abteilung. Doch das Ganze soll keine großen Wellen schlagen, so wie ich es verstanden habe. Bekommen Sie das hin?«

»Wir werden ihn vor Silvester identifizieren und festsetzen«, sagte Nat mit fester Stimme.

Chapman klopfte ihm auf die Schulter. »Diese Einstellung wird Sie noch sehr weit bringen, Porter!«

Nat räusperte sich und sah für eine Sekunde auf den Boden. »Ich denke, wir sollten jetzt weitermachen, Sir. Wo liegt denn der Barkeeper, der die Karte im Mund hatte?«

Chapman drehte sich um seine eigene Achse und zeigte zu dem großzügigen Tresen. »Er liegt dort drüben. Es ist der einzige Weiße unter den Barkeepern. Sie können ihn nicht verfehlen.«

»Danke, Chief. Ich denke, wir sehen uns noch«, verabschiedete sich Nat.

Chapman nickte und wendete sich ab. Doch dann drehte er sich noch einmal um. »Ach, Porter! Ich hätte es durch dieses schreckliche Unglück fast vergessen, aber Villano muss mich morgen bei der Anhörung in der Gerson-Sache in LA vertreten. Er kennt sich mit dem Fall am besten aus.«

Nat starrte ihn überrascht an und sah dann auf seine Armbanduhr. »Morgen. Also heute? Ist das Ihr Ernst? Das ist erstens sehr kurzfristig und zweitens möchte ich Sie daran erinnern, dass ich Villano dringend hier brauche! Sehr dringend sogar!«

Der Chief stellte sich breit auf und machte Nat auf diese Art und Weise klar, dass er keine weitere Diskussion zuließ. »Ich lasse Ihnen die Unterlagen bis bis acht Uhr bringen und um neun Uhr geht der Flieger!«

Nat sah ihn mit Unverständnis an. Wie konnte der Mann so kurzsichtig sein und trotz seiner vorherigen Ansage jemanden aus seinem Team abziehen? War er sich zu fein, der Anhörung selbst beizuwohnen?

»Ich denke, es wird nicht länger als einen Tag dauern, und wie gesagt: Bei Bedarf holen Sie sich Verstärkung aus den anderen Teams«, sagte Chapman abschließend. Damit war das Thema für ihn beendet.

»Na toll!«, regte sich Villano auf, als sie sich ein paar Meter entfernt hatten. »Einen besseren Zeitpunkt, mich in der Weltgeschichte herumzuschicken, konnte er nicht finden.«

Nat, dem plötzlich sehr warm geworden war, zog sich seine Lederjacke aus. »Du musst halt so schnell es geht wiederkommen, Joe.«

Villano sah ihn an. »Darauf kannst du Gift nehmen.« Ziemlich schnell bemerkte er, wie unpassend der Spruch gewesen war und hielt sich die Hand vor den Mund. »Oops.«

Nat zog die Augenbrauen hoch und verkniff sich einen Kommentar. Die drei Männer bahnten sich ihren Weg durch die Leichen, als Nat plötzlich im Vorbeigehen ein bekanntes Gesicht entdeckte, abrupt anhielt und zu Boden sank. *Oh Gott, John! Nicht du!*

»Nat?«, fragte Hanson besorgt und stoppte neben seinem Chef.

»Geht schon mal vor, ich komme gleich nach«, sagte Nat mit einem dicken Kloß im Hals und konnte seinen Blick nicht von der Leiche wenden. Er hatte John Smith im letzten Jahr auf dem Flugplatz kennengelernt, nachdem er die Fliegerei für sich als

Ausgleich und zur Ablenkung vom Alkohol auserkoren hatte. Sie hatten zur gleichen Zeit angefangen, Flugstunden zu nehmen, und hatten am selben Tag ihre Prüfung bestanden. Nun lag sein Flieger-Freund, dessen Beruf Polizist gewesen war, in verkrampfter Haltung, mit blau angelaufenen Gesicht und angetrocknetem Schaum vor dem Mund auf dem Boden. Seine Frau und seine kleine Tochter ahnten vermutlich noch gar nichts von seinem Tod. *Ich kriege diesen Mistkerl! Das verspreche ich dir, Buddy!*

Traurig und mit schwerem Herzen erhob er sich und strauchelte dabei kurz. Ein vorbeikommender Hotelangestellter fasste ihm spontan unter die Arme und fing seine herunterfallende Jacke auf. »Geht es, Agent?«, fragte er. »Das ist alles ein wenig viel auf einmal, nicht? Eine schlimme Sache, die da passiert ist. Ich kämpfe auch. Diese vielen Toten ... Sie hatten alle soviel Spaß, und dann ...«

Nat nickte. »Da haben Sie recht.« Er hatte jetzt wirklich keine Zeit für Smalltalk. »Danke, es geht schon«, sagte er, und der Mann, der ihn immer noch festhielt, ließ ihn wieder los und überreichte ihm seine Jacke.

»Ja, dann«, lächelte der Angestellte ihn an. »Melden Sie sich, wenn Sie etwas brauchen, ja?«

Ohne den Schwindel los zu sein, ging Nat zu Villano und Hanson hinter die Bar.

»Kanntest du den Mann dort eben am Boden?«, fragte Hanson.

Nat nickte schwach. »Ich kenne ihn vom McCarran Airport. Wir sind dort zusammen geflogen.«

»Das tut mit leid, Nat«, sagte Hanson einfühlsam.

»Mir auch«, schloss sich Villano an. »Ist alles in Ordnung? Dir steht ja Schweiß auf der Stirn.«

Nat wischte sich über das Gesicht. *Stimmt, die Stirn ist ganz feucht. Komisch.* Gleichzeitig war ihm immer noch schummerig. Er versuchte, dieses unheimliche

Gefühl zu verdrängen. Sie mussten weitermachen.

Der Aushilfsbarkeeper, der wahrscheinlich für das ganze Desaster verantwortlich war, sah genauso schlimm aus wie die anderen Toten. Die Zunge hing dick und blau seitlich aus seinem Mund und seine Augen starrten blutunterlaufen zur Decke.

»Er heißt Sam Gosling. Wahrscheinlich hat auch er sich selbst und so viele andere geopfert, um seine Frau und sein Baby vor der Folter zu retten«, sagte Villano nachdenklich.

Nat holte tief Luft, während sein Blick auf dem Toten ruhte. »Ich habe schon die ganze Zeit darüber nachgedacht, ob ich in der Lage wäre, mich und andere für Cindy und das Baby zu opfern.« Er zeigte in die Runde. »So viele Tote. Darf man wegen zwei Menschen wirklich so viele andere opfern?«

Hanson und Villano ließen die Frage im Raum stehen.

»Man sollte die Polizisten schon einmal anweisen, draußen vor dem Hotel Ausschau nach einer verwirrten Frau mit Baby zu halten«, sagte Hanson. »Ich könnte wetten, dass sie bald auftauchen wird.«

»Das ist eine gute Idee, Matt. Gib die entsprechenden Informationen bitte an die Polizeikollegen weiter, und dann treffen wir uns unten in der Lobby.«

Nat sah ihm nach und sein Blick fiel erneut auf die vielen Toten.

Das kann doch alles nicht wahr sein. Hatten sie und vor allen Dingen er als Chef des Teams in ganzer Linie versagt? Dieser Typ spielte mit ihnen. Er kündigte seine Taten mit Ereigniskarten an, ähnlich wie die Anweisungen bei Monopoly. *Monopoly?*, dachte Nat. Er kam nicht mehr dazu, den Gedanken weiter auszuführen, denn innerhalb von Sekunden wurden die Stimmen um ihn herum leiser. Panisch sah er sich um. *Was ist das?*, dachte er. *Meine Ohren!*

Sein Gesicht wurde immer heißer und schienen zu glühen. Der Blick streifte das Abwaschbecken. Er machte einen Schritt darauf zu und wollte sich mit kaltem Wasser das Gesicht benetzen. Doch dazu sollte es nicht mehr kommen. Ein lautes Klopfen machte sich plötzlich mehr und mehr in seinem Kopf breit. *Oh Gott!!! Was ist das?* Panisch schlug er sich mit der Faust gegen seinen Schädel. Doch dieses irrsinnige Klopfen verschwand nicht, sondern wurde immer stärker. »Joe?!« Die Panik schien ihn schier zu übermannen.

»Nat? Was ist mit dir?«, hörte er vermeintlich aus weiter Entfernung, obwohl er seinen Kollegen Villano direkt neben sich schemenhaft wahrnahm. *Meine Beine*, dachte er eine Sekunde später. *Ich spüre meine Beine nicht mehr ...*

Zehn Minuten später kam Nat langsam wieder zu Bewusstsein, blinzelte zuerst und öffnete dann seine Augen.

Das erste, das er wahrnahm, war Villanos sorgenvolles Gesicht.

»Nat! Da bist du ja wieder! Gott sei Dank!«

Nat sah sich um und merkte, dass er nicht mehr hinter dem Tresen lag, sondern davor. »Wo bin ich? Was ist passiert?« Er wollte sich aufsetzen, wurde aber von einer schwarzen, kräftig gebauten Frau in Rettungssanitäterjacke zurück auf den Boden gedrückt.

»Schön liegen bleiben, Agent Porter! Sie haben in beiden Armen Injektionskanülen! Die haben wir Ihnen gerade vor zwei Minuten gelegt. Das Mittel wird gleich wirken.«

»Kanülen?«, fragte Nat schwach und schaute auf seine Arme und dann neben sich. Weitere Helfer standen dort und hielten Flaschen mit klarer

Flüssigkeit in die Höhe.

»Was ist passiert?«, rief er verwirrt und spürte plötzlich eine unendliche Kälte. Sein ganzer Körper fing stark an zu zittern und seine Zähne schlugen unaufhaltsam aufeinander. So sehr er sich auch bemühte, er konnte nichts dagegen machen.

Ein fremder Mann kam in sein Sichtfeld. »Hi! Ich bin Doktor Freeman. Haben Sie keine Sorge! Dieses Kältegefühl ist eine ganz normale Reaktion auf das massive Cortison, was wir Ihnen verabreichen mussten. Sie hatten einen anaphylaktischen Schock, also ein akutes Kreislaufversagen, da Sie anscheinend eine Allergie auf das von Ihnen eingenommene Antibiotikum haben.«

»Einen Schock?«, fragte Nat mit immer noch klappernden Zähnen und verstand das Geschehene noch nicht richtig.

»Haben Sie denn schon mal eine derartige Reaktion auf ein Antibiotikum gehabt, Agent Porter?«, fragte der Arzt.

Nat schüttelte den Kopf. »Das … das war das …. erste Mal, dass ich eins ...«

Freeman merkte, dass seinem Patienten das Reden schwer fiel, und er tätschelte Nats Schulter. »Ist schon gut. Strengen Sie sich nicht an. Jetzt bringen wir Sie erst einmal ins Krankenhaus und sehen dann weiter.«

Nat wollte protestieren. Er konnte hier jetzt nicht weg! Der Fall und die vielen Toten! Er versuchte sich erneut aufzusetzen, doch diesmal intervenierte Villano.

»Nat! Bleib' liegen! Ich rufe Matt an, und wir beide kümmern uns um alles, solange du im Krankenhaus bist. Außerdem ist Keyomi ja auch noch da!«

Nat schüttelte den Kopf. »Aber du ...« Weiter kam er nicht, denn die Sanitäter griffen ihn an seinen Schultern und Beinen, hievten ihn auf eine fahrbare

Trage und deckten seinen immer noch zitternden Körper zu. Als er merkte, dass sie ihn gleich aus dem Saal fahren würden, rief er Villano zu: »Ruf Cindy an, ja?«

Villano nickte. »Du kannst dich auf mich verlassen!«

9

Las Vegas
Freitag, 30. Dezember

11 Uhr. Jemand klopfte an Nats Zimmertür im Desert Springs Hospital. »Herein!«

Eine Sekunde später steckte Hanson seinen Kopf durch den Türspalt und kam herein. »Hey, Chef! Wie geht es dir?«, rief er mit einem breiten Lachen im Gesicht und hielt ihm die Faust zur Begrüßung hin. Nat, der diese Art des Grußes von Hanson schon gewohnt war, schlug mit seiner Faust dagegen. »Danke Matt! Es geht schon wieder.«

Hanson begrüßte derweil Cindy, die mit dem Baby auf dem Arm neben Nat am Bett saß, mit einem leichten Kuss links und rechts auf die Wange. »Da hat er uns aber einen ganz schönen Schrecken eingejagt, was?« Dann streichelte er der schlafenden Sheila sachte über die rosafarbenen Bäckchen.

Cindy nickte blass. »Das kannst du wohl laut sagen! Wer hätte gedacht, dass der Katzenbiss so etwas nach sich zieht!«

Hanson nickte, ging um das Bett herum und zog sich einen Stuhl heran. Dann übergab er Nat eine in Geschenkpapier eingewickelte Packung. »Das sind nur die obligatorischen Pralinen«, sagte er und grinste Nat dabei an.

Nat nahm sie entgegen und legte sie auf den Beistelltisch. »Danke dir!«

»Ich soll dir auch viele Grüße von Keyomi und Joe ausrichten«, fiel Hanson ein. »Key ist momentan die einzige, die im Büro zu finden ist, da Joe vor zwei Stunden nach LA geflogen ist.«

Nat schloss seine Augen und fuhr sich mit Daumen und Zeigefinger über die Nasenwurzel. *Oh Mann.*

Stimmt! Joe ist ja weg! Das hatte er ganz vergessen.

»Aber …«, fuhr Hanson weiter fort, »… es gibt Neuigkeiten, von denen du noch nichts weißt.«

Nat horchte auf und öffnete seine Augen wieder. »Wirklich? Dann schieß' mal los. Ich bin ganz Ohr! – Ach, warte! Was ist mit der Mutter und dem Kind? Sind die heute Nacht noch aufgefunden worden?«

Hanson schüttelte den Kopf. »Damit wollte ich beginnen. Nein, seltsamerweise nicht.«

»Nicht?«, fragte Nat erstaunt. »Hast du eine Erklärung dafür, Matt? Ich meine, die Angehörigen sind doch immer ziemlich kurz nach dem Selbstmordattentat aufgefunden worden. Habt ihr alles genau abgesucht?«

»Ja, klar. Alle Polizeidienststellen und auch das ganze Personal und die Security vom Hotel sind gebrieft worden und halten weiterhin nach ihr und dem Kind Ausschau!«

»Hm«, brummte Nat unzufrieden. »Okay, dann erzähl weiter.«

Hanson räusperte sich. »Also nachdem du ins Krankenhaus gebracht worden bist, rief mich Joe an, informierte mich und wies mich an, wieder nach oben zu kommen. Dort inspizierten wir weiter den Tatort, und siehe da …«

»Was?«, fragte Nat neugierig.

Auch Cindy, die vor Hansons Besuch alles über den Fall von Nat erfahren hatte, hielt die Luft an.

»Zwischen den vielen Flaschen im Regal hinter der Bar blinkte etwas.«

»Ihr habt eine Bombe gefunden?«, platzte es aus Cindy heraus.

Hanson zog irritiert seine Augenbrauen zusammen. »Nein! Nein, es war eine Webcam.«

»Und sie war anscheinend noch in Betrieb?«, fragte Nat.

Hanson nickte.

»Lass mich raten. Ihr habt nachgefragt, ob die Hotelleitung oder das Hochzeitspaar sie aufgestellt hatten?«

Hanson nickte erneut.

»Und es war keine von beiden Parteien. Hab ich recht?«

»Yep! Wir nehmen an, dass der Barkeeper dazu gezwungen worden ist, sie aufzustellen, sodass sein Erpresser alles gut verfolgen konnte.«

»Du meinst, so konnte er das Sterben der vielen Unglücksseligen live miterleben.«

»Wahrscheinlich nicht nur das, sondern auch alles, was danach passierte«, sagte Hanson.

»Wahrscheinlich«, gab ihm Nat recht. »Wenn ihr mich fragt, hat Mr. Monopoly einen ausgeprägten Gottkomplex!«

»Was ist das genau?«, fragte Cindy interessiert.

Hanson stand auf, ging zum Fenster und sah hinaus. »Das bezeichnet einen unerschütterlichen Glauben, anderen überlegen zu sein ...«

»Und zwar durch persönliche Fähigkeiten, Privilegien oder weil derjenige denkt, er ist unfehlbar«, führte Nat den Satz weiter aus.

»Und Mr. Monopoly, wie du ihn so schön betitelt hast, glaubt aus irgendeinem Grund, er kann über Leben und Tod entscheiden, so wie es ihm gerade passt.«

»Dazu passt irgendwie auch der Gedanke, der mir gestern kurz vor dem Zusammenbruch durch den Kopf gegangen ist«, murmelte Nat.

»Was für ein Gedanke war das?«, fragte Hanson, der sich nun umgedreht hatte und sich gegen den Fenstersims lehnte.

Nat sah ihn an. »Ich dachte, warum spielt er eine Art Monopoly mit uns? Warum gerade dieses Spiel?«

Hanson verschränkte seine Arme. »Monopoly ist ein Spiel, in dem es um eine Stadt geht. Man kauft, verkauft. Manche werden reich, manche gehen pleite.«

»Richtig. Genau wie im richtigen Leben, und genau wie in Las Vegas. Einige haben Glück, haben genug und bekommen noch mehr, und manche beutelt das Leben so richtig. Was ist, wenn es unserem Mr. Monopoly genau so gegangen ist?«

»Du meinst, ihm hat das Leben hier in der Stadt so richtig mies mitgespielt, und nun will er sich an der Stadt und an den Leuten rächen, indem er sie stückchenweise zerstört?«

Nat nickte. »Genau. 'Mono' bedeutet in dem Fall: Er allein, gegen 'Poly': Viele!«

»Stimmt!«, rief Hanson aufgeregt. »Der Zusammenhang ist mir noch gar nicht aufgefallen. Und das, ohne selbst Hand anlegen zu müssen. Rein durch Psychologie und Erpressung.«

»Er mordet zwar nicht selbst, aber er entführt Frauen und Kinder und quält sie grausam«, fügte Cindy mit Tränen in den Augen hinzu.

Nat griff ihre Hand und streichelte sie. »Oh, Schatz!« Er hatte sich seinen Gedankengängen hingegeben und ganz vergessen, dass seine Freundin mit Sheila direkt neben ihm saß.

Cindy tätschelte seine Hand. »Ist schon gut, Nat. Weißt du was? Ich werde jetzt nach Hause fahren und euch in Ruhe arbeiten lassen.« Sie erhob sich vorsichtig, um Sheila nicht zu wecken, und legte den schlafenden Säugling in den Autositz.

Nat richtete sich auf. Das hatte er nicht gewollt. »Nein. Warum denn? Bleib doch noch! Wir wollten dich keineswegs vertreiben.«

»Ja, das stimmt. Bleib doch! Ich kann später noch einmal wiederkommen«, pflichtete Hanson Nat bei.

Cindy zog sich derweil ihre Jacke an und ging um das Bett herum, um Nat einen Abschiedskuss zu geben. »Nein. Ist schon in Ordnung, Jungs. Ihr seid gerade im Flow, und ich muss Sheila gleich stillen. Das mache ich sowieso lieber zu Hause.«

Nat sah ihr mit einem zerknirschten Gesichtsausdruck nach, als sie mit Sheila in Richtung Tür ging. »Okay, Schatz. Dann pass' bitte auf dich auf, ja? Ich melde mich heute Abend bei dir!«

»Gut. Also, bis dann.« Plötzlich klopfte jemand an der Tür. Irritiert öffnete Cindy und ließ einen Blumenboten eintreten, während sie gleichzeitig den Raum verließ.

»Ich habe hier einen Strauß für einen Nat Porter«, sagte der Mann, dessen Mütze tief ins Gesicht gezogen war.

Nat grinste. »Das bin ich!«

Der Bote, der einen roten Einteiler trug, kam zum Bett und überreichte Nat den Strauß. »Hier. Bitteschön.«

»Danke Ihnen. Sagen Sie mal, sehen Sie eigentlich überhaupt etwas, wenn die Cap so tief im Gesicht sitzt?«, fragte Nat.

»Das geht schon. Mein Chef möchte, dass jeder das Firmenlogo gut sehen kann. Werbemaßnahme – Sie wissen schon«, antwortete der Mann mittleren Alters.

Nat nickte bedächtig. »Ah, ich verstehe.«

Der Bote blieb weiterhin neben Nats Bett stehen und wartete.

Ach, das Trinkgeld, dachte Nat und zog sein Portemonnaie aus seinem Nachttischfach. Doch Hanson war schneller und drückte dem Mann zwei Dollar in die Hand.

»Vielen Dank«, sagte er zu ihm, ging zur Tür und öffnete sie. Dann drehte er sich noch einmal zu Nat um. »Und Ihnen gute Besserung und einen guten Start ins Neue Jahr!«

»Danke Ihnen. Das ist sehr nett.«

Der Bote nickte ihm zu und verließ den Raum.

Hanson ging um das Bett herum und nahm Nat

den Strauß ab. »Ich bin so frei und besorge dafür mal eine Vase.«

Nat, der sich eigentlich gar nicht mehr so bettlägerig fühlte, war das unangenehm. »Das kann ich auch selbst ...«

Hanson griff oben in den Blumenstrauß und zog eine Grußkarte heraus. »Papperlapapp! Du kannst inzwischen mal nachsehen, wem du dieses Wunderwerk an Kreativität verdankst.« Er gab Nat den Umschlag und verließ den Raum.

Nat öffnete das Kuvert, auf dem kein Absender stand und legte es auf den Nachttisch. Dann klappte er die bunt gestaltete Karte auf, an der eine weitere, kleinere Karte befestigt war.

DER TOD HAT VIELE GESICHTER,
DOCH DU HAST NOCH EINMAL GLÜCK GEHABT!
GEHE WEITER!
DER SILVESTERKNALL WARTET AUF DICH!

Nat starrte auf die Karte und war im ersten Moment wie gelähmt. *Wie? Woher?* Tausend Gedanken schwirrten ihm gleichzeitig durch den Kopf.

Hanson betrat das Zimmer mit dem Blumenstrauß, der nun in einer Vase untergebracht war. »Die Schwestern sind ...« Er stoppte mitten im Satz. »Nat? Alles in Ordnung?«, fragte er besorgt, denn Nat saß stocksteif aufrecht im Bett und starrte ihn mit einem entsetzten Gesichtsausdruck an. Wortlos hielt er seinem Kollegen das Kärtchen hin.

Hanson stellte die Vase auf dem Beistelltisch ab, nahm sie entgegen und las. »Shit!«, entfuhr es ihm und sah Nat mit kreideweißem Gesicht an. »Woher ...«

»Die Webcam«, flüsterte Nat fast tonlos. »Der Kerl hat alles hautnah über die Kamera mitbekommen und sich wahrscheinlich dabei in Fäustchen gelacht.«

Hanson nickte. »Ja, so wird es gewesen sein.«

»Und mit: „Der Silvesterknall wartet auf dich“ bekräftigt er noch mal sein Vorhaben. Es ist ihm egal, dass wir versuchen, an ihn heranzukommen.«

»Im Gegenteil. Er ermutigt uns sogar dazu weiterzumachen.«

»Gehe weiter«, wiederholte Nat die Worte von dem Kärtchen. Er sah Hanson an. »Weißt du was? Er hat recht. Ich kann es mir nicht leisten, hier weiter faul herumzuliegen.« Mit diesen Worten schwang er seine Beine über die Bettkante, zog sich den Zugang aus der Vene und schleuderte das Kabel, das zum Tropf führte, zur Seite.

»Nat!«, rief Hanson alarmiert. »Das kannst du doch nicht ...«

Doch Nat ließ sich nicht aufhalten. Trotz des Blutes, das ihm mittlerweile den Arm herunterlief, durchquerte er den Raum und ging zum Kleiderschrank. »Lass mich, Matt! Lauf lieber los und guck', ob du den Blumenboten noch erwischst! Vielleicht kann er uns einen Hinweis geben, wer die Blumen bestellt hat.«

Hanson sah verunsichert zu seinem Chef und zögerte, den Anweisungen Folge zu leisten.

Nat wurde sauer. »Los! Geh! Ich komme schon klar.«

Der junge FBI-Agent verzog den Mund, machte sich aber trotzdem auf den Weg, um die Krankenhausflure, die Lobby und den Parkplatz nach dem Blumenboten abzusuchen.

Zehn Minuten später traf Hanson Nat atemlos im Flur des Stockwerks, in dem er gelegen hatte, wieder an. Eine korpulente Krankenschwester war zeternd dabei, Nat das Blut vom Arm zu wischen und ihm anschließend ein großes Pflaster auf die Einstichstelle zu kleben.

Dann hielt sie ihm ein Klemmbrett vor die Nase. »Hier. Mit Ihrer Unterschrift bestätigen Sie, dass Sie sich auf eigene Verantwortung selbst entlassen.«

»Und? Hast du ihn noch erwischt?«, fragte Nat mit einem nervösen Gesichtsausdruck, während er den Stift nahm und seine Unterschrift auf das Papier kritzelte.

»Nein. Er war wie vom Erdboden verschluckt.«

Nat nickte der Krankenschwester zu, als er ihr das Klemmbrett wiedergab. »Vielen Dank für die gute Betreuung, Schwester.«

»Nichts zu danken. Machen Sie es gut und schnappen Sie das Schwein!«

Nat war erstaunt. »Woher wissen Sie ...?«

»Jungchen, in den Medien gibt es nach dem Tod der Bürgermeisterin doch fast kein anderes Thema mehr«, sagte die Schwester, sammelte den angefallenen blutigen Müll ein und drehte sich um.

Nat zog sich seine Lederjacke über und dann machten sie sich auf den Weg.

»Hast du denn noch keine Nachrichten gesehen?«, fragte Hanson.

Nat schüttelte den Kopf. »Nein. Ich bin erst vor einer Stunde von der Intensivstation auf die normale Station verlegt worden und dann ist Cindy sofort da gewesen.« Er blieb spontan an einem Getränkeautomaten stehen und holte sich einen Kaffee. »Willst du auch einen?«

Hanson nickte. »Gerne!«

Nat reichte ihm den Kaffeebecher und sie setzten ihren Weg fort. »Also erzähl'! Was geht draußen vor sich?«

»Die Krankenschwester hat recht. Las Vegas steht unter Schock, nach dem, was gestern passiert ist. Jetzt gelangen auch die anderen Fälle in den Fokus der Medien und das FBI gleichzeitig immer mehr in die Kritik, weil wir diesen Wahnsinnigen nicht festsetzen.«

Sie waren mittlerweile mit dem Lift heruntergefahren und gingen durch die Lobby. »Wie hätten wir das denn auch machen sollen, Matt? Beide Frauen haben einen Gedächtnisverlust, der Täter hat keine Spuren hinterlassen und macht nur vage Andeutungen.«

Beide durchschritten die automatische Schiebetür und gingen weiter in Richtung Parkplatz. Nat blieb für zwei Sekunden stehen, sah dankbar hinauf in den Himmel und atmete tief ein. Kurz bevor er in der Nacht das Bewusstsein verloren hatte, hatte er das Gefühl gehabt, bald bei seiner Schwester Grace zu sein, die mit drei Jahren durch ein Unglück gestorben war, an dem er nicht ganz unschuldig gewesen war. Doch er hatte es noch einmal geschafft.

Hanson war ebenfalls stehen geblieben. »Alles in Ordnung?«, fragte er besorgt.

Nat schlug ihm freundschaftlich auf die Schulter. »Ja. Es war nur mal Zeit, ein kleines Dankeschön an den da oben zu senden.«

Hanson sah ihn erstaunt an. »Ich dachte, du bist nicht religiös.«

Nat lächelte. »Da hast du recht. Ich bin Agnostiker. Aber für den Fall aller Fälle kann so ein Dankeschön ja nicht schaden, oder?«

Sie gingen weiter zum Wagen und Nat warf die Tasche mit den Klamotten, die Cindy ihm gerade erst gebracht hatte, auf die Rücksitzbank. Dann stieg er ein und sah Hanson enthusiastisch an. »So, ich würde vorschlagen, wir statten dem Blumenlieferanten mal einen Besuch ab. Hast du dir den Namen des Ladens gemerkt?«

Hanson kratzte sich verlegen am Kopf. »Ähm, ehrlich gesagt nicht genau. War es etwas mit 'Flower'?«

»Kann sein. Die Werbung scheint nicht so zu funktionieren, wie sein Chef es gerne hätte.« Nat zückte sein Handy. »Gucken wir doch mal, wie viele Blumenläden es in Las Vegas mit dem Zusatz 'Flower' gibt! – Wow! Das sind einige.«

»Hm. Ich würde den Radius auf die unmittelbaren Umgebung des Krankenhauses begrenzen.«

»Du meinst, wegen der Fahrtkosten?«

»Genau.«

»Dann sind es noch acht. Pass auf, ich schicke dir die Hälfte der Adressen zu. Dann telefonieren wir die Läden ab und fragen, ob sie einen Kunden hatten, der die Blumenlieferung für mich in Auftrag gegeben hat. Es wäre ja gelacht, wenn wir den nicht finden.«

Eine Viertelstunde später war ihnen nicht mehr nach Lachen zumute. Keiner von beiden hatte Glück gehabt.

»So ein verdammter Mist!«, regte sich Hanson auf. »Das gibt es doch gar nicht. Jetzt waren wir so nahe daran, eine Spur zu finden.«

»Ja, aber ich bin mir sicher, wir kriegen ihn auch so. Fahren wir zurück ins Büro. Vielleicht ist Key ja weitergekommen.«

Grant fielen fast die Augen aus dem Kopf, als sie Nat mit Hanson zusammen durch die Fahrstuhltür schreiten sah. Sie stand auf, lief ihm entgegen und umarmte ihn überschwänglich. »Oh Nat! Was machst du denn bloß für Sachen! Musst du denn nicht noch im Krankenhaus bleiben?«

Nat lächelte, fasste sie um die schmale Taille und schlenderte mit ihr zurück zu den Schreibtischen. »Ich habe mich selber entlassen, weil ich ja weiß, dass du es ohne mich nicht aushältst.«

Hanson warf sich auf seinen Stuhl und grinste. »Gut, dass Joe das nicht hören konnte!«

Nat stellte seine Tasche neben seinem Schreibtisch ab und zog seine Jacke aus. »Jetzt haben wir genug gescherzt! Zurück zum Tagesgeschäft. Matt hat dich ja schon per Handy über die neuesten Entwicklungen in Kenntnis gesetzt und er deutete an, dass du ebenfalls eine Idee hast?«

»Ja genau. Kurz bevor ihr angerufen habt, habe ich nochmal an die Mütter und deren Kinder denken müssen. Und mir ist erst jetzt so richtig bewusst geworden, dass beide Kinder fast exakt gleich alt sind. Vielleicht hat das ja irgendeine Bewandtnis.«

»Du meinst, er hat die Opferfamilien nicht spontan ausgesucht?«

»Ja. Vielleicht kannte er sie schon vorher, und als er dann seinen Amoklauf startete, passte er die Vorgehensweise an die Möglichkeiten der jeweiligem Väter an.«

Nats Telefon klingelte. Er schritt um seinen Schreibtisch und griff nach dem Hörer. »Special Agent Porter. – Petersen, was gibt es?« Nat hörte ihm zu, zog sich seinen Stuhl heran und setzte sich. Dann sah er Grant und Hanson bedeutungsschwer an. »Okay. Vielen Dank. Ich mache mich auf den Weg. Bis gleich.«

Grant stand auf, ging zu Nat und setzte sich auf die Ecke seines Schreibtisches. »Was … was ist passiert?«

»Das Ganze scheint weiter zu eskalieren.« Nat stand auf, schnappte sich seine Jacke und lief im Laufschritt in Richtung Fahrstuhl.

»Key, du prüfst, wie sich Täter und Opferfamilien sich kennengelernt haben könnten. Und Matt! Du bearbeitest Dr. Carson. Sie muss endlich vorankommen! Falls notwendig, holt euch Verstärkung.« Während er ihnen die letzten Worte zurief, schloss sich langsam die Fahrstuhltür vor Nat.

Hanson sah ihm ungläubig nach und schrie: »Wo willst du denn überhaupt hin?«

10

1981. Er hatte Tylers Kraft unterschätzt. Und seine eigene wich immer mehr. Tylers Hände drückten seinen Kopf wieder und wieder mit Wucht herunter. Immer mehr Luftblasen stiegen an seinem Gesicht vorbei an die Wasseroberfläche. Seine Angst zu sterben wurde immer größer. Panisch schlug er um sich und versuchte seinen Peiniger loszuwerden, doch seine Sinne begannen zu schwinden. Wenn er jetzt nachgab, den Mund öffnete und das Wasser aus der Toilette erst in seine Kehle lief und dann seine Lungen füllte …

Plötzlich spürte er, wie sein Kopf an den Haaren in die Höhe gerissen wurde. Als er merkte, dass sein Gesicht wieder über Wasser war, atmete er tief ein und füllte seinen Lungen mit Luft. Dann hustete und prustete er mit rotem Kopf, während sich Tyler und die anderen Jungs aus dem Kinderheim über ihn totlachten.

»Na? Genug Pisse gesoffen, du Loser?!«, machte sich Tyler über ihn lustig.

Ein viertes Mal, das wusste er, würde er so ein Tauchbad nicht überleben! Seine Haare klebten nass am Gesicht und er spürte, wie die Tropfen daran entlangliefen und sein T-Shirt immer mehr durchnässten. Und er hörte Schritte, die näher kamen. Sie klangen ganz wie die eines Erziehers.

Das war seine Chance, sich zu rächen! Die Konsequenzen würde er mit Freude tragen. Er mobilisierte all seine Kräfte, fokussierte sich, ballte seine rechte Hand zu einer Faust und machte sich bereit, Tylers Kehlkopf zu zertrümmern, als er eine Stimme vernahm.

»Ist Stephen hier?«, rief Mrs. Carmichael und betrat den Waschraum der Jungs.

Irritiert nahm der Achtjährige seine Faust herunter

und trat vor.

Mrs. Carmichaels Blick streifte ihn, und als sie seine triefenden Haare und sein nasses Shirt sah, verzog sie angeekelt ihren rot geschminkten Mund. »Was hast du denn schon wieder angestellt, Stephen? Das ist ja ekelhaft!« Sie griff nach seinem Ohrläppchen und zog ihn mit sich.

»Au!«

»Komm mit! In der Halle warten potentielle Adoptiveltern auf dich!«

Adoptiveltern? Stephen sah die Heimleiterin mit großen Augen an. Seine Gefühle waren zwiegespalten. Einerseits war nichts besser, als hier wegzukommen, andererseits wusste er nicht, was ihn erwarten würde!

***

Zwanzig Minuten später fuhr Nat mit seinem Motorrad in die Parkgarage des *Venetian.* Dort erkannte ihn ein Polizist, und er wurde direkt weiter auf das nächst höher gelegene Parkdeck gelotst. Er parkte seine Maschine vor dem schwarzgelben Absperrband der Polizei und hängte seinen Helm an den Lenker. Ein jüngerer Polizist wollte ihn ohne Vorzeigen seine Ausweises nicht durchlassen, und Nat wollte gerade in seine Innentasche greifen, da hörte er eine bekannte Stimme.

»Peter, das ist in Ordnung! Lass ihn durch!«

Nat sah auf und entdeckte Cathrin Stone inmitten der Menge, die sich rund um einen Wagen aufhielt.

Der Polizist nickte ihm zu und ließ ihn passieren.

Nat ging zu Stone, schüttelte ihr die Hand und warf gleichzeitig einen Blick in die Runde. »Hallo Cathrin! Danke, dass du mich vor dem kleinen Wachhund dort hinten gerettet hast.«

Stone lachte. »Gerne! Ich bin mir sicher, du hättest

es sicher auch selbst hingekriegt. Schön dich wieder wohlauf zu sehen. Ich habe gehört, du hattest einen Zusammenbruch oder etwas ähnliches?«

Nat hielt seine verbundene Hand hoch. »Ja. Mich hatte eine Katze gebissen, es hat sich entzündet, dann habe ich das Antibiotikum nicht vertragen und bin kurzfristig auf der Intensivstation gelandet.«

Die blonde Polizistin verzog das Gesicht. »Und da bist du jetzt schon wieder auf den Beinen? Das ging ja schnell!«

Nat schnaufte und sah sie mit ernstem Gesicht an. »Ich muss. Wir haben eine weitere Botschaft bekommen, dass er noch etwas Größeres vorhat. Aber das musst du vorerst noch für dich behalten, okay?«

Stone nickte. »Ich schweige wie ein Grab.«

»Petersen hatte mich informiert, dass ihr eine Leiche gefunden habt, die eventuell etwas mit unserem Fall zu tun hat?«

»Ja. Und nicht nur das. Komm mit, dann zeige ich es dir!«

Bei dem PKW, auf den sie zuging, waren Kriminaltechniker dabei, Beweismittel sicherzustellen. »Meine Herren?!«, rief Stone. »Dürfen wir mal eben …? Das FBI muss mal einen Blick auf das Opfer werfen.«

Ein wenig murrend traten die drei Männer in den weißen Ganzkörperanzügen auf die Seite, und die beiden traten an den offen stehenden Kofferraum des Crysler heran.

Cathrin Stone hielt Nat kurz am Arm fest. »Bevor du da hineinsiehst, muss ich dich warnen. Der Anblick ist grausam!«

Nat nickte mit ernstem Gesicht, denn schon jetzt nahm er den metallischen Geruch von Blut wahr. Er drehte sich um und war auf alles gefasst. Im Nachhinein war er dankbar für Stones Warnung, die jedoch nichts an dem Schrecken, den er verspürte, ändern konnte. Sein Verstand nahm zwar auf, was er sah, doch sein Geist wollte sich weigern, es zu glauben. Diese Masse aus Blut, offenliegenden Organen und Knochen sollte mal ein Mensch gewesen sein? Die zerfetzte Körpermitte wies kaum noch die Konturen eines Menschen auf. Nur die angewinkelten nackten Beine und der Kopf schienen einigermaßen intakt. Sein Blick blieb auf dem mit blauen Flecken übersäten, ehemals wohl sehr schönem Gesicht hängen, denn die Augen schienen ihn vorwurfsvoll anzustarren, als wollten sie sagen: 'Du warst zu langsam!'

Nat schluckte und verharrte wie gelähmt.

»Nat? Alles in Ordnung?«, fragte Stone.

Die Ansprache löste seine Schreckensstarre. »Ja. Ja. Es geht schon!«, war alles, was Nat sagen konnte.

Stone sah wieder auf die blutigen Überreste der Frau. »Wenn du mich fragst, war das ein totaler Overkill.«

Nat nickte. »Was sagt der Gerichtsmediziner?«

»Er hat Strangulationsmale am Hals und unzählige Messerstiche festgestellt, mit denen ihr Körper regelrecht aufgebrochen wurde. Mehr kann er erst sagen, wenn er sie auf dem Tisch hat.«

»Hm«, brummte Nat nachdenklich. »Mal abgesehen davon, dass ihr noch nicht wisst, wer die Person ist … Oder habt ihr sie anhand eines Ausweises identifizieren können?«

Sie schüttelte den Kopf. »Nein, bis jetzt haben wir noch nichts gefunden.«

»Eigentlich passt das Vorgehen nämlich überhaupt nicht zu unserem Mr. Monopoly. Er hat die Ehefrauen bis jetzt ...« Er machte mit den Fingern angedeutete Gänsefüßchen in die Luft. »… nur gefoltert und dann freigelassen. Wie kommt Petersen darauf, dass unser Täter sie so zugerichtet hat?«

»Na, dann komm mal schnell mit, bevor sie weg sind!«

Verwundert über Stones Reaktion folgte er ihr zu einem Polizeiwagen. Sie öffnete eine der Hintertüren. »Dürfen wir kurz stören?«

Eine schwarze Frau Mitte 50 sah Nat mit offenen freundlichen Augen an. »Wenn es schnell geht. Wir wollten eigentlich gerade losfahren.« Dann senkte sie ihren Blick wieder auf ihren Arm, auf dem friedlich ein kleines Kind schlummerte.

Stone sah ihn an. »Und? Bist du jetzt überzeugt?«

»Wo wurde es gefunden?«

»Es lag angeschnallt in einer Babyschale auf dem Rücksitz des Autos, in dem die bedauernswerte Frau gefunden wurde, und schrie sich die Seele aus dem Leib. Deshalb hat man die Leiche überhaupt erst so schnell entdeckt.«

Nat nickte. Dann wandte er sich an die Frau im Auto. »Wie alt ist das Kind ungefähr?«

»Ich würde sagen, etwa zwischen elf und zwölf Monaten.«

Nat presste seine Lippen zusammen und nickte der Frau zu. Er schloss vorsichtig die Autotür und ging dann mit Stone zurück zum Wagen mit der Leiche. »Dann ist das Kind nun wahrscheinlich Vollwaise, denn der kellnernde Vater war gestern unter den Opfern.«

»Du meinst, er war derjenige, der alle mit dem Sekt vergiftet hat«, korrigierte Stone ihn.

»Ja, so kann man es auch sagen.« Nat schluckte. Die Entwicklung des Falls gefiel ihm überhaupt nicht. Nun hatte der Initiator der Selbstmordattentate selber gemordet. Doch warum?

»Okay, Cathrin. Ich möchte alle Berichte der Kriminaltechnik so schnell wie möglich auf meinem Schreibtisch haben. Würdest du dich persönlich darum kümmern? Das wäre sehr lieb von dir.«

Stone tätschelte ihn am Arm. »Mach ich doch. Kannst' dich auf mich verlassen!«

Nat machte sich wieder auf den Weg zu seinem Motorrad. »Danke dir. Du weißt ja, wo du mich erreichen kannst.«

Als er das Büro betrat und Grant Nat entdeckte, fing sie sofort an, ihn auszufragen. »Chef! Wo warst du und was ist passiert? Von welcher Eskalation hattest du vorhin gesprochen?«

»Langsam, langsam, Key. Ich muss mich erst mal sortieren, okay?« Nat setzte sich auf seinen Stuhl am Schreibtisch und atmete tief durch. Er fühlte sich erschöpft. Die ganzen Ereignisse und die Medikamente, die man ihm in der letzten Nacht und auch am Morgen noch durch die Adern gepumpt hatte, forderten ihren Tribut.

Grant kam zu ihm, trat hinter seinen Stuhl und fing an, ihm sanft die Schultern zu massieren. »Entschuldige, Nat! Mit mir sind die Gäule durchgegangen. Ich hatte vergessen, was du letzte Nacht durchgemacht hast. Es ist sowieso ein Wunder, dass du schon wieder an deinem Schreibtisch sitzt und ...«

Nat griff eine ihrer Hände und beendete so auch die wohltuende Massage. »Key!«, sagte Nat mit Nachdruck.

Sie riss schuldbewusst die Hände hoch und trat einen Schritt zurück. »Oh! Entschuldige! Ich rede schon wieder zu viel!«

Nat schloss für eine Sekunde seine Augen. *Sie meint es nur gut und auch ihr macht der Fall zu schaffen.* Er klopfte mit seiner Hand auf die Tischkante und sah sie auffordernd an. »Komm! Setz' dich bitte, dann erzähle ich dir, wo ich war und was es Neues gibt, ja?«

Das musste er Grant nicht zweimal sagen. Schnell nahm sie ihren gewohnten Stammplatz ein und sah ihn erwartungsvoll an. »Dann schieß' mal los!«

»Man hat im Parkhaus des *Venetian* im Kofferraum eines Wagens eine blutüberströmte Frauenleiche aufgefunden. Details erspare ich dir, aber alles sieht nach einem totalen Overkill aus. Ihr Kind lag wohlbehalten – also soweit man das bis jetzt sagen kann – in einer Babyschale auf dem Rücksitz.«

Grant kniff die Augenbrauen über ihrer schmalen Brille zusammen. »Sicher, dass es eine unserer Mütter ist? Ich meine, das Vorgehen wäre ein völlig anderes.«

Nats Handy gab plötzlich einen Klingelton ab. »Einen Moment bitte!« Er sah auf sein Display. Es war eine Nachricht von Cathrin Stone. »Interessant«, murmelte er.

»Was?«, fragte Grant und sah ihn neugierig an.

»Sie haben die Tote nun aus dem Wagen geholt und unter ihr einen Ausweis gefunden, der sie tatsächlich als Frau des Barkeepers identifiziert. Sie hieß Emma Gosling.«

Grant biss sich auf die Lippen. »Die Frau des Barkeepers ...«

»Yep«, sagte Nat mit bitterem Ton und stand auf, um zum Kaffeeautomaten zu gehen. Eine halbe Minute später war er wieder bei Grant und nippte an seiner Tasse. »Du hattest doch die Idee, dass sich Täter und Opfer vielleicht schon vorher gekannt haben. Hast du mögliche Verknüpfungspunkte gefunden?«

Grant nickte. »Ja, und zwar ...«

Nats Telefon auf dem Schreibtisch fing an zu klingeln. Er sah sie schuldbewusst an, weil er wusste, wie sehr sie Unterbrechungen hasste. »Da muss ich rangehen, Key.«

»Klaro. Mach nur. Ich hole mir solange einen Chai Latte!«

Nat sah ihr nach und nahm dann den Hörer ab. Der Anruf kam von intern. »Porter! – Seriöse

Hinweise? – Okay. Stell' den Anrufer bitte durch, Martha!« Nat fuhr sich nervös über seine schwarze Glatze, während er wartete.

»Spreche ich mit Agent Porter?«, sagte plötzlich eine männliche Stimme am anderen Ende.

Nat setzte sich, nahm sich einen Stift zur Hand und suchte auf seinem chaotischen Schreibtisch nach einem leeren Zettel. »Ja, das ist richtig, Sir! Mir wurde gesagt, Sie hätten Hinweise im Zusammenhang mit den Fällen, die wir gerade bearbeiten?«

Die Stimme am anderen Ende schwieg.

»Sir?« Nat horchte. Nichts. »Sind Sie noch dran? Dann sagen Sie mir doch bitte mal Ihren Namen. Dann können wir uns besser unterhalten.«

»Mein Name tut nichts zur Sache!«

Nat zog erstaunt die Augenbrauen hoch. Mit solch einer Antwort hatte er nicht gerechnet, und er fokussierte sich noch mehr auf die Stimme.

»Sie fragen sich bestimmt, warum die Frau aus dem Kofferraum getötet wurde und nicht so wie die anderen mit ein paar Blessuren davongekommen ist!«

»Wo … woher wissen Sie …?« Nat war ein wenig perplex, fing sich jedoch schnell wieder und suchte mit seinen Blicken nach Grant.

»Woher ich das weiß«, lachte der Mann plötzlich schallend.

»Ja! Erzählen Sie!« Nat entdeckte Grant, die mit einer Tasse Tee in der Hand gerade ihren Rückweg antrat, und winkte sie aufgeregt zu sich herüber.

»Weil ich derjenige bin, nachdem Sie suchen!«

Nats Herzschlag wurde abrupt schneller. Grant war bei ihm angekommen, stellte ihre Tasse ab und sah Nat fragend an. Er zeigte auf das Display mit der Telefonnummer des Anrufers und bedeutete ihr herauszufinden, von wo der Mann seinen Anruf tätigte. Sie machte sich sofort an die Arbeit, und er musste versuchen, ihn solange wie möglich in der

Leitung zu halten.

»Das kann ja jeder von sich behaupten. Wissen Sie wie viele Trittbrettfahrer es gibt? Die wollen sich dann mit so einer Tat brüsten, trauen sich aber noch nicht einmal im Dunkeln zum Mülleimer!«

Es dauerte einen Moment, bis der Mann am anderen Ende weitersprach. »Sie wollen einen Beweis?«

»Ja, genau. Und zwar etwas, was Sie nicht durch die Medien wissen können«, forderte Nat ihn heraus. Gleichzeitig stand er auf, ging zu Grant und schaute, wie weit sie mit den Nachforschungen nach der Telefonnummer gekommen war.

»Das ist einfach. Da brauche ich nur einen süßen kleinen Hund in einem Wäschetrockner zu erwähnen. Ich glaube, das wurde nicht durch die Presse veröffentlicht.«

Nat schluckte. Er war es tatsächlich! Aufgeregt beugte er sich zu Grant herunter und bedeutete ihr, dass er den Täter an der Strippe hatte und sie sich beeilen musste.

Der Mann lachte erneut. »Ich wette, dass Sie und Ihre entzückende Kollegin Keyomi Grant gerade versuchen, meinen Standort zu ermitteln. Ist es so, Nat?«

Nat kam aus dem gebeugten Stand wieder nach oben. »Und? Das ist die normale Vorgehensweise in so einem Fall«, sagte er locker. »Doch das wissen Sie ja anscheinend.«

»Sie werden kein Glück haben, Nat. Es ist ein Wegwerfhandy. Unbrauchbar für Sie.«

»Sagt wer?«, versuchte Nat ihn zu verunsichern. Wenn das stimmte, dann war es noch wichtiger, Informationen aus ihm herauszuquetschen. »Aber nochmal zurück zu Ihrer ursprünglichen Aussage, Mr. ...?«

»Netter Versuch, Nat!«, lachte der Mann. »Nennen Sie mich doch einfach ... ja, wie denn? – Vielleicht

Mr. Monopoly? Das wäre doch nett, oder? Was sagen Sie zu meinem Vorschlag?«

Nat kniff alarmiert die Augen zusammen. *War das Zufall?*

»Dann erzählen Sie doch mal, warum Sie die Frau getötet haben.«

»Das kann ich Ihnen sagen. Eigentlich wollte ich das nicht.«

»Nicht?«, fragte Nat und sah zu Grant, die sich zu ihm umgedreht hatte und ihren Kopf schüttelte. Die tomatenfarbenen Zöpfe wippten dabei auf und ab. *Sie hat keinen Standort feststellen können.*

»Aber das Ereignis lief nicht so ab, wie ich es wollte!«

»Das Ereignis?«, sagte Nat. Nannte der Anstifter es wirklich so wie bei Monopoly: Ein 'Ereignis'? Das 'Ereignis', Menschen zu töten? Nat lief es kalt den Rücken herunter.

»Ja, Sam hat seine Arbeit nicht richtig gemacht.«

»Sam? Wer ist das denn?«

»Sam, der Kellner. Er hat zu viele Leute überleben lassen, Nat. Es hat mich besonders getroffen, dass es die Tochter der Bürgermeisterin nicht erwischt hat.«

»Und deshalb musste Emma dran glauben?«, fragte Nat trotzig. Wie ihn dieser widerliche Typ ankotzte!

»Blutrausch. Ich glaube, das ist der Begriff dafür, was mich in diesem Moment der Wut befallen hat.«

Nat wurde schlecht. »'In diesem Moment der Wut'?«, wiederholte er diesen Teil des Satzes. »Sie sind nun nicht mehr lediglich ein Anstifter zum Mord, sondern selbst zum Mörder geworden, Jack!«

»Jack? Wieso Jack? Mein Name ist Scott!«

Nat grinste. Er hatte durch seinen kleinen Trick seinen Vornamen herausbekommen. Er griff sich einen Stift und einen Zettel und schrieb Grant den Namen auf. Vielleicht konnte sie zusammen mit ihrer Idee damit etwas rausfinden.

»Und, Scott? Was sagen Sie dazu, dass ich Sie einen Mörder nenne? Fühlt sich das gut an? Normalerweise wollten Sie doch andere die Drecksarbeit machen lassen. Und was soll überhaupt diese Andeutung mit Silvester, die Sie mir heute im Krankenhaus haben zukommen lassen? Ist es nicht Zeit, mit diesem Spiel aufzuhören, Scott?«

Der Mann am anderen Ende der Leitung lachte schallend. »Wenn Sie wüssten! Das Spiel geht doch gerade erst richtig los! Hören Sie mal genau hin!«

Nat konzentrierte sich und horchte. Und wirklich! Er nahm Geräusche wahr, die sich anhörten, als ob jemand durch einen Knebel versuchen würde, sich verständlich zu machen. Nats feine Härchen auf den Armen stellten sich auf, und das schlechte Gefühl im Magen breitete sich noch weiter aus.

»Und? Wie hört sich das an?«

»Sie haben doch nicht schon wieder jemanden entführt?!«, fragte Nat fast tonlos.

Grant, die das Ganze genau verfolgt hatte, sah ihn entsetzt an.

»Doch! Eine Mutter und ihr Kind! Und der Vater wird genau das machen, was ich von ihm am Silvestertag verlangen werde!«

»Scott!«

Schallendes Gelächter. »Sie sind so naiv! Denken Sie wirklich, Sie kriegen meinen richtigen Namen durch so einen popeligen Trick heraus? Aber machen Sie nur so weiter! Ich bin schon sehr gespannt. Ein bisschen Zeit zum Spielen bleibt uns ja noch vor dem großen Finale!«

Nat hörte ein Klacken. »Hallo?«

Niemand antwortete. »Er hat aufgelegt!«, sagte er zu Grant und warf wütend den Hörer auf den Tisch. »So eine verdammte Scheiße!«, schrie er laut, und alle im Raum sahen zu ihnen herüber.

»So ein gewiefter Hund«, sagte Grant. »Er ist

anscheinend nicht auf den Kopf gefallen.«

»Ja! Ganz toll!«, sagte Nat genervt.

Das Telefon klingelte erneut. Nat schnaufte eine Sekunde durch, presste die Lippen zusammen und hob ab. »Special Agent Porter. – Mr. Higgins! – Ja, natürlich tun wir unser Bestes! Wir sind an ihm dran. – Jemanden anderen mit dem Fall beauftragen? Das halte ich für keine gute Idee, denn der potentielle Initiator des Ganzen hat eben persönlich mit mir Kontakt aufgenommen und wir haben nun einen Ansatzpunkt, den wir verfolgen ... – Sicher hätte ich Ihnen das sofort mitgeteilt. – Ja. Goodbye, Mr. Higgins.«

»Higgins?«, fragte Grant. »Der Stellvertreter des Stellvertreters der toten Bürgermeisterin?«

»Yep«, sagte Nat. »Er will Ergebnisse sehen, sonst will er doch noch dafür sorgen, dass wir den Fall an ein anderes Team abgeben müssen. Mit so einem Anruf habe ich schon lange gerechnet, und ich könnte wetten, dass Chapman sich auch bald wieder meldet, um uns Beine zu machen. Die sind doch nicht so nervenstark, wie sie vorgegeben haben zu sein. Denen geht der Arsch auf Grundeis!«

»Wenn die wüssten, dass Mr. Monopoly wahrscheinlich schon wieder jemanden entführt hat ...«

Nat schlug wütend auf den Tisch. »So eine Scheiße! Was sollen wir nur tun?«

»Lass mich dir von meiner Idee erzählen, die ich vor dem Telefonanruf ansprechen wollte.«

»Richtig!« Nat sah Grant auffordernd an. »Leg los!«

Grant schob ihre bunte Brille die Nase hoch. »Also, ich habe mir überlegt, woher sich Mr. Monopoly und seine Opfer gekannt haben könnten, und ich hatte ja festgestellt, dass die Kinder fast alle gleich alt sind.«

»Genau. Das Kind, das heute gefunden wurde, war auch im gleichen Alter wie die anderen.«

Grant nickte. »Super, dann bestätigt das meine Theorie. Ich vermute, dass sich die Eltern in einem Geburtsvorbereitungskurs kennengelernt haben könnten.«

In Nats Kopf ratterte es. Er selbst hatte mit Cindy ebenfalls so einen Kurs vor der Geburt ihres Kindes besucht. Dort war ein bunter Mix an Leuten zusammengekommen. Vom Klempner über Hotelangestellte und Ingenieure bis hin zu Ärzten und Putzfrauen.

»Grundsätzlich ein guter Ansatz. Doch würde das nicht bedeuten, dass Mr. Monopoly auch Ehemann und Vater ist? Eine Komponente, die eigentlich nicht in unser Täterprofil passt.«

»Außer irgendein schlimmes Ereignis in seinem Leben hat ihn dazu gebracht, dass er so austickt!«

»Du meinst, dass zum Beispiel seiner Frau und seinem Kind etwas zugestoßen sein könnte, und nun will er allen, denen es besser geht als ihm, einem ähnlichen Schicksal zuführen?«

Grant nickte.

»Gut, dann lass uns loslegen!« Nat kam zu ihr, zog sich einen Stuhl heran und setzte sich neben sie. »Hast du direkten Zugriff auf die Listen der Krankenhauskurse?«

»Ja, das ist kein Problem, da komme ich mit Leichtigkeit rein.«

»Gut, dann lass uns einen passenden Zeitrahmen für die Suche wählen.«

»Ihr wart doch auch in so einem Kurs. Ab wann ging der denn los?«

»Ich meine, in der 28. Schwangerschaftswoche, wenn ich mich nicht irre.«

Grant rechnete zurück. »Das wäre dann grob der Zeitraum von Anfang Oktober bis Ende Dezember 2015.«

»Und die Geburten waren dann alle im Januar

dieses Jahres«, stellte Nat fest.

»Genau«, bestätigte Grant, während sie alle Parameter für die Suche eingab.

Zwei Minuten später starrten beide auf den Bildschirm. NO MATCH FOUND.

»Mist!«, rief Nat. »Das kann doch nicht sein! Ich weiß, dass wir auf der richtigen Spur sind!«

Grant sah ihn mit leicht zusammengekniffenen Augen an. »Ich habe noch eine andere Idee. Was, wenn sie sich nicht in einem der Klinikkurse kennengelernt haben, sondern zum Beispiel bei einer freien Hebamme?«

Nat hob seine Augenbrauen. »So etwas gibt es?«

»Ja, klar. Damit verdienen die sich noch etwas dazu. Von Geburten allein können die nicht leben.«

Hanson trat von ihnen unbemerkt von hinten an sie heran. »Redest du von Hebammen?«

Grant zuckte zusammen, und auch Nat sah sich erstaunt um. »Du bist zurück?«

Hanson zog sich den Stuhl von Villano heran. »Wie du siehst. Und ich denke, ihr könnt aufhören zu suchen.«

»Heißt das, wir waren auf der richtigen Fährte?«, fragte Grant.

Hanson nickte. »Dr. Carson ist es endlich gelungen, mit Hilfe von Hypnose die Erinnerungen von Milla wiederherzustellen.«

Nat riss die Augen auf. »Wirklich? Das ist ja fantastisch, Matt! Erzähl! Aber die Kurzfassung! Wir müssen schneller vorankommen! Mittlerweile gibt es eine weitere Tote. Mr. Monopoly hat die Frau des Barkeepers getötet!«

»Und vielleicht hat er auch schon wieder jemanden entführt«, ergänzte Grant mit trauriger Stimme.

Hanson sah die beiden betroffen an. »Oh! Schei … Das ist … nicht gut! Also: Es ist tatsächlich so gewesen, dass sich alle Pärchen bei einem Geburtsvorbereitungskurs einer Hebamme kennengelernt haben. Er lief sechs Wochen, und alle haben sich ganz gut verstanden, sodass sie beschlossen haben, auch nach den Geburten weiter in Kontakt zu bleiben. Und jetzt kommt das, was wir befürchtet haben. Einer der Ehemänner aus der Gruppe war derjenige, der Milla und auch Melanie entführt und gefoltert hat.«

Nats Puls erhöhte sich. »Hast du schon einen Namen und eine Adresse?«

Hanson griff zu seinem Handy und sah auf das Display. »Ja. Melanie wie auch Milla hatten die Kontakte aus der Gruppe auf ihren Handys gespeichert. Es handelt sich um einen Stephen Elliot. Die Adresse habe ich auch schon herausgesucht.«

Nat sprang auf. »Worauf warten wir dann noch? Schnappen wir uns das Schwein!«

Hanson nickte. »Nichts lieber als das!«

»Wartet!«, rief Grant. »Matt, du hast doch sicher die Liste aller Mitglieder des Kurses, oder?«

»Klar!«

»Dann schick sie mir bitte. Ich werde alle restlichen Pärchen anrufen und sicherstellen, dass es allen gut geht.«

»Sehr gut, Key«, sagte Nat und schnappte sich seine Jacke, während Hanson Grant die Liste weiterleitete. »Und ruf bitte den Richter an und besorge uns die notwendigen richterlichen Genehmigungen für den Zugriff.«

Er selbst zückte auf dem Weg zum Fahrstuhl sein Handy, um einen Einsatz des SWAT-Teams in die Wege zu leiten.

»Wie lautet die Adresse, Matt?«

»Spring Valley, South Durango Drive 45898.«

Er gab die Adresse weiter. »Okay. Dann bis gleich!«

Zwölf Minuten später trafen sie, in der Nähe des Hauses von Stephen Elliot, auf das SWAT-Team. Nat setzte Defoe, den Leiter der sechsköpfigen Einsatztruppe, mit dem er schon oft zusammengearbeitet hatte, ins Bild, und gemeinsam legten sie fest, wie sie vorgehen wollten. Die Männer wurden in Dreierteams eingeteilt. Nat und Hanson würden jeweils ein Team begleiten. Eins würde von vorn in das Haus eindringen und eins von hinten.

Mit lauerndem Blick stand Nat kurze Zeit später mit dem Rücken zum Haus neben der Eingangstür und wartete mit gezogener Waffe darauf, dass eines der SWAT-Teammitglieder die Tür aufstieß. Sein Puls raste vor Aufregung. Würden sie gleich auf den Mann treffen, der so viele Leute auf dem Gewissen hatte?

Minuten später zogen Nat und Hanson ihre schusssicheren Westen aus und legten sie zurück in den Kofferraum. Der ganze Einsatz war ein Flop gewesen. Gleich nach dem Eindringen in das Haus war klar, dass sich dort ganz bestimmt niemand aufhielt, denn es stand komplett leer. Verzweifelt schlug Nat mit der Faust auf das Dach des SUV. »So ein Mist! Wir hätten vorher checken müssen, ob er da noch wohnt!«

»Für weitere Nachforschungen war keine Zeit, Nat. Der Einsatz war gerechtfertigt!« Hanson fuhr mit seiner Hand durch seine braunen Haare.

Nat sah ihn mit einem kritischen Gesichtsausdruck an. »Nein. Key hätte nur noch mal kurz recherchieren müssen, dann hätten wir uns diesen dämlichen Einsatz gespart!«

Grant hatte inzwischen bei den anderen sechs Paaren, die am Geburtsvorbereitungskurs der Hebamme teilgenommen hatten, angerufen und auch alle bis auf ein Paar erreicht. Sie informierte sie über den

Fall, mahnte sie zur Vorsicht, bis Elliot gefasst worden war, und bot ihnen Polizeischutz an. Die Reaktionen auf die Neuigkeiten reichten von hysterischen Schreianfällen bis zu gefasster Gelassenheit.

Bevor sie weitere Nachforschungen über Stephen Elliot anstellen würde, wollte sie erst einmal von ihrem Chef erfahren, ob er vielleicht schon festgenommen worden war. Sie wählte Nats Nummer.

Nats Handy klingelte. »Porter!«

»Hallo, Nat! Da haben Sie wohl ziemlich versagt! Doch wie ich sehe, sind Sie auf dem richtigen Weg. Vielleicht haben Sie ja Glück und schaffen es, das nächste Ereignis noch zu verhindern, was, wie ich zugeben muss, sehr, sehr schade wäre! So ein Silvesterspektakel muss man einfach mal gesehen haben!«

»Elliot? Stephen Elliot?«

Nat hörte nur ein hämisches Lachen. Dann war Stille am anderen Ende der Leitung. Nat nahm das Handy vom Ohr und sah in Hansons fragendes Gesicht. »Das war er wieder. Elliot. Er verhöhnt uns wegen der Aktion hier.«

Hanson schluckte und sah seitwärts die Straße herunter. Dann guckte er wieder zu Nat. »Weißt du, was ich mich frage? Woher weiß er, dass wir hier sind? Wie macht er das?« Er drehte sich um sich selbst. »Ist der hier irgendwo und beobachtet uns, oder was?« Plötzlich hielt er inne und sah zum Kofferraum.

Nat zog seine Augenbrauen zusammen. »Was ist los?«

Hanson starrte ihn an, hielt sich einen Finger vor die Lippen und bedeutete Nat still zu sein und nichts mehr zu sagen. Dann machte er sich daran die

Lederjacke seines Chefs aus dem Kofferraum zu holen und sie systematisch abzusuchen. In der Innentasche fand er das, was er gesucht hatte und hielt es Nat unter die Nase.

»Eine Wanze?«, formte Nats Mund lautlos, und er riss seine Augen weit auf. Er war geschockt, fing sich aber gleich wieder und verlangte per Handzeichen, dass Hanson ihm die Wanze gab. Nat sah sie sich genau an, bevor er die Beifahrertür des Wagens öffnete, sein Brillenetui herausholte und die Wanze vorsichtig hineinlegte. Schließlich deponierte er das Etui in den Koffer, den sie für Untersuchungen am Tatort dabei hatten.

Hanson sah ihm zu. »Wie hat er es geschafft, dir die unterzujubeln?«, fragte er, als sie wieder frei sprechen konnten. »Ich fasse es nicht!«

Nat schüttelte seinen Kopf. »Das weiß ich nicht. Noch nicht. Aber ich weiß, dass es keine normale Wanze ist, sondern eine ganz neuartige, die auch mit einem GPS-Peilsender ausgestattet ist. So konnte er nicht nur hören, was wir vorhaben, sondern auch sehen, wo ich mich aufhalte. Auf jeden Fall sollen sich die Techniker nochmal damit beschäftigen.«

Nats Handy klingelte. Alarmiert schauten sich beide an, doch als Nat auf das Display sah, gab er Entwarnung. »Es ist Keyomi!« Er stellte die Freisprechfunktion an.

»Hier ist Nat!«

»Endlich! Ich habe es schon gefühlte tausend Mal probiert. Und? Wie sieht es aus? Habt ihr ihn?«

»Nein, das Haus ist total leer und verlassen. Vor dem Haus steht ein Schild, dass es zum Verkauf steht!«

»Mist!«

»Du sagst es. Den Einsatz darf ich vorm Chef verantworten. Auf das Gespräch freue ich mich jetzt schon! Außerdem ...«

»Ja?«

»Außerdem haben wir gerade herausgefunden, dass es Elliot irgendwie gelungen ist, mir eine Wanze mit Peilsender anzuhängen. Wie, wissen wir noch nicht.«

»Das ist ja nicht sehr erfreulich. Dann war es gut, dass ich die anderen Paare alle angerufen und gewarnt habe. Ich habe ihnen nach Absprache mit dem Division Chief zugesagt, dass wir ihnen Polizeischutz gewähren, bis der Fall geklärt ist, und die Kollegen von der Polizei sind schon unterwegs.«

»Sehr gut, Keyomi! Wenigstens das klappt.«

»Naja. Nicht ganz. Ein Paar konnte ich nicht erreichen. Und zwar, warte kurz – Mrs. und Mr. Mason. Auch dort habe ich ein Polizeiteam hingeschickt, aber vielleicht könnt ihr ja nochmal selbst nachsehen?«

»Im Prinzip spricht nichts dagegen. Schick mir bitte die Adresse aufs Handy und dann gucken wir dort vorbei. Vielleicht sind sie ja nur einkaufen oder bei der Arbeit.«

»Nein, bei den Arbeitgebern habe ich angerufen. Dort sind beide nicht aufgetaucht, was aber nicht so ungewöhnlich ist, weil sie Immobilienmakler sind, selbstständig arbeiten und nicht regelmäßig ins Büro kommen.«

»Okay, wir kümmern uns darum, Key. Und du recherchierst bitte weiter nach Stephen Elliot und versuchst, alles über seine Vergangenheit herauszukriegen. Wir brauchen so viele Informationen wie möglich!«

»Das mache ich, Chef! Ich melde mich! Bye!«

»Bye, Key!«, verabschiedete sich Nat.

Nat und Hanson fuhren los und kamen zwanzig Minuten später bei der von Grant angegebenen Adresse an. Vor dem Haus trafen sie auf zwei

Polizisten, die gerade mit einem Herrn diskutierten, der in der halb geöffneten Tür stand.

Nat zückte seinen Ausweis und hielt ihn gut sichtbar für alle in die Luft. »SSA Nat Porter.«

Die Polizistin nahm ihre Mütze ab und kratzte sich am Kopf. »Gut, dass Sie kommen, Agent Porter. Der Herr hier – Mr. ...«

»Mason«, half Nat aus.

»Genau. Also Mr. Mason verweigert uns den Zugang zum Haus und begreift nicht, dass wir den Auftrag haben, ihn vor weiteren brutalen Vorkommnissen zu schützen.«

Nat, der für solche Spielchen zum jetzigen Zeitpunkt nicht zu haben war, sah sich den Mann etwas genauer an. Er wirkte irgendwie nervös, seine Ärmel waren unordentlich hochgekrempelt, und er war total verschwitzt.

Er wandte sich an die Polizisten. »Wäre es okay, wenn Sie sich noch ein paar Minuten in Ihren Wagen setzen und dort warten? Geht das? Wir klären das hier.«

Beide Polizisten brummten ein wenig mürrisch und gingen, nachdem Hanson ihnen auf dem schmalen Zugangsweg Platz gemacht hatte, zu ihrem Streifenwagen.

Nat drehte sich zu Mr. Mason um. »Sie wissen, warum wir da sind?«

Der Mann nickte. »Ja. So ungefähr. Die Officer sagten, meine Frau und ich wären gefährdet und ...«

»Wie wäre es denn, wenn Sie uns reinließen und wir in Ruhe reden könnten?«, schlug Nat vor. Er hatte den Eindruck, dass Mason vor ihnen mehr Respekt hatte als vor den beiden Polizisten.

Nach kurzem Zögern hielt er ihnen schließlich die Haustür auf. »Ja. Bitte, kommen Sie herein!«

»Danke!«

Sie traten ein, machten ein paar Schritte in das

Wohnzimmer und sahen sich um. Der Wohnbereich und die Küche wirkten unaufgeräumt. Überall lag Kleidung herum, und in der offenen Küche standen dreckiges Geschirr und mehrere Pappschachteln von Fast-Food-Gerichten.

Mr. Mason strich sich nervös über den Nacken und guckte sich ebenfalls um. Anscheinend wurde er sich selbst gerade über das Chaos in seinem Haus bewusst. Er ging zum Sofa, nahm die dort liegende Kleidung und warf sie kurzerhand in eine Zimmerecke. »Wollen Sie sich vielleicht setzen?«

Nat und Hanson sahen sich an. Irgendetwas war hier nicht in Ordnung. »Nein, danke«, sagte Nat und fuhr direkt fort. »Ist Ihre Frau auch zu Hause, Mr. Mason? Meine Mitarbeiterin hat vergebens versucht, Sie beide zu erreichen, und bei Ihrer Arbeitsstelle hatte sie auch kein Glück.«

Mason war in die Küche gegangen und füllte sich unter dem Wasserhahn ein Glas mit Wasser. Er drehte sich herum und trank ein paar Schlucke. Dann wischte er sich mit der Hand den Mund ab. »Nein. Meine Frau Victoria ist gestern zu ihrer Mutter gefahren und hat unseren Sohn Luca mitgenommen.«

Nat nickte.

»Ja, deshalb ist hier auch so ein … ein …« Mason fuhr sich durch seine schwarzen Haare.

»Durcheinander. Wollten Sie das sagen?«, fragte Hanson.

Mason ging zum Sofa und setzte sich auf dessen Kante. »Ja«, seufzte er. »Genau, das wollte ich sagen.« Er wirkte ein wenig geistesabwesend.

Nat nahm neben Mason auf einem Sessel Platz. Dann legte er ihm kurz eine Hand auf die Schulter. »Geht es Ihnen gut? Ist alles in Ordnung?«

Der Mann streckte sich plötzlich, lachte ein wenig überzogen und nickte. »Ja. Ja. Alles in bester Ordnung! Ich bin nur etwas überfordert, so ganz allein, und ich vermisse meine Frau und meinen Sohn. Das ist alles.«

»Darf ich fragen, warum Ihre Frau zu ihren Eltern gefahren ist? Gibt es einen speziellen Grund? Einen Geburtstag oder sonst etwas?«

Mason schluckte leicht und sah zu Nat. »Vicci ...«

»Ja?«

Der Makler schien zu überlegen. »Wir … wir hatten uns gestritten.«

Hanson hakte nach. »Gestritten? Darf ich fragen, worüber?«

Mason sah zu Hanson hoch. »Ich … Ist das denn wichtig?«

»Ich denke schon.«

»Wir hatten schon über ein Jahr lang keinen Verkehr mehr … und sie hat nicht verstanden, dass es für mich ...«

Nat legte erneut eine Hand auf seine Schulter und stand auf. »Ist schon gut, Mr. Mason.«

Der Mann wirkte erleichtert, nicht noch weitere Erklärungen abgeben zu müssen.

Hanson ließ jedoch nicht locker. »Würden Sie sie für uns kontaktieren, bitte?«

Mason starrte ihn mit großen Augen an.

»Um sicher zu gehen, dass es ihr gut geht.«

»Das ist … das ist schwierig.«

»Sie hat doch sicher ein Handy, oder?«

»Ja. Natürlich.«

»Dann rufen Sie doch bitte schnell bei ihr an.«

Mason presste die Lippen zusammen und griff mit zittrigen Händen zu seinem Telefon. »Okay. Ich probiere es.«

Nat ging zu ihm und sah, nachdem Mason gewählt hatte, auf das Display. Tatsächlich erschien dort das Bild und der Name seiner Frau.

»Und?«, fragte Hanson.

Statt Mason antwortete Nat. »Sie hat ihn weggedrückt.«

»Versuchen Sie es doch nochmal, bitte.«

Mason wählte erneut seine Frau an.

»Nein. Nichts.« Er legte sein Handy auf den Tisch. »Warum ist es überhaupt so wichtig, dass wir sie erreichen?«, fragte er. »Sie ist doch nicht hier und somit auch nicht in Gefahr, oder?« Er hob seine Schultern und lachte beide mit strahlend weißen Zähnen an.

Nat verzog seinen Mund. Irgendetwas war hier sehr seltsam.

»Haben die Eltern Ihrer Frau kein Festnetztelefon?«

»Nein!«, kam es wie aus der Pistole geschossen. »Sie … sie telefonieren seit Jahren nur noch mobil. Da sind sie trotz ihres Alters sehr modern eingestellt.«

Hanson nickte. »Aha.«

»Ja.«

»Kommen wir mal auf Stephen Elliot zu sprechen!«, sagte Nat und hatte Mason dabei im Blick.

»Auf … auf wen?«, stotterte Mason.

Nat sah, wie die Augenlider seines Gegenübers nervös zu zucken begannen.

»Elliot. Stephen Elliot. Sie hatten zusammen den Geburtsvorbereitungskurs besucht. Er ist derjenige, der vermutlich für die brutalen Tötungsdelikte verantwortlich ist. Das haben Ihnen die Polizeibeamten doch mitgeteilt!«

Mason schluckte und machte einen betroffenen Gesichtsausdruck. »Stephen. Hm. Ach ja, ich weiß. Sie müssen entschuldigen, seinen Nachnamen wusste ich nicht mehr.« Er stand auf, ging in die Küche und griff erneut nach dem Glas Wasser. Mit leicht zittrigen Händen trank er. »Das … das ist alles so schrecklich!« Den letzten Teil wisperte er kaum hörbar.

Nat sah währenddessen auf seine Armbanduhr.

Ihnen lief die Zeit davon. Er fuhr in seiner Befragung fort. »Was können Sie uns über Elliot sagen?«, fragte Nat.

Mason sah aus dem Fenster in den Hof. »Ich weiß nichts weiter über ihn. Er und seine Frau waren die einzigen, die nie zu den Nachtreffen gekommen sind. Warum auch immer.«

»Sie sind nie gekommen?«

»Nein. Lisa, die Leiterin des Kurses, hat wohl mehrfach versucht, sie zu erreichen, aber immer vergebens.«

»Wir wissen, dass er das Haus auf dem Durango Drive verkaufen wollte und nicht mehr dort wohnt. Wissen Sie davon?«

Mason schüttelte den Kopf. »Nein, das muss er über eine andere Immobilienagentur abgewickelt haben.«

»Hätten Sie ihm so etwas zugetraut?«, fragte Hanson weiter.

»Nein! Ich meine, er und seine Frau haben immer einen sehr netten Eindruck gemacht, wenn wir uns im Kurs getroffen haben. Er war sehr kommunikativ, freundlich und sehr liebevoll zu seiner Frau.«

»Sie haben ja als Immobilienmakler viel mit Menschen zu tun, und Sie haben sicherlich auch eine gute Menschenkenntnis. Ihnen ist nichts an ihm aufgefallen, was auf eine psychische Störung oder ähnliches hinweisen könnte?«

»Nein, aber ich bin ja auch kein Arzt.«

Nat ging zur Haustür und machte sie auf. Er sah, dass die beiden Polizisten bereits aus dem Auto gestiegen waren und sich auf den Weg zum Haus machten. Hanson und Mason waren ihm zur Tür gefolgt.

»Gut, Mr. Mason«, sagte Nat und hielt ihm zum Abschied die Hand hin. »Das war es erst einmal. Falls Sie doch noch Kontakt zu Ihrer Frau aufnehmen können, sagen Sie ihr, sie soll erst einmal dort bleiben, wo sie ist, bis der Fall aufgeklärt ist und keine Gefahr mehr besteht.«

»Okay. Das mache ich.«

Nat und Hanson drehten sich um und gingen den Polizisten entgegen.

»Warten Sie bitte!«, rief Mason plötzlich und kam ihnen hinterher.

Nat sah ihn mit fragendem Blick an.

»Hören Sie. – Ich … ich will keinen Polizeischutz!«

Die beiden Polizisten, die direkt daneben standen, stutzten sichtlich. Das Gespräch mit den Special Agents hatte wohl nicht viel gebracht, sagte ihr Gesichtsausdruck.

Nat drehte sich um und ging ein paar Schritte zu Mason zurück. »Und warum, wenn ich fragen darf?«

»Erstens …«

Nat sah Mason an, dass er fieberhaft nach Gründen suchte. »Ja?«

»Er hat sich doch, von dem, was ich aus den Medien weiß, nur die Frauen geholt und meine … ist ja nicht hier, und …«

»Und?«

Mason machte auf Nat den Eindruck, dass er noch nervöser geworden war und fast panisch wirkte. »Ich will das einfach nicht! Okay?!« Er streckte sich ein wenig, vielleicht, um einen souveräneren Eindruck zu hinterlassen. »Und Sie können es mir auch nicht einfach so aufdrücken! Die ...«, er zeigte auf die Officer, »... die beiden sollen gehen! Ich will keinen Polizeischutz!«

Nat sah Mason ernst an. »Natürlich können wir Sie nicht zwingen, aber ...«

Mason ging zurück zum Haus und ließ Nat und die anderen stehen. »Gut! Auf Wiedersehen!«

Nat wunderte sich über Masons Verhalten und warf einen Blick auf Hanson. »Nett, oder?«

Hanson schüttelte nur seinen Kopf.

»Und was sollen wir jetzt tun?«, fragte die Polizistin ratlos.

Nat überlegte. »Ich würde sagen, Sie positionieren Ihren Wagen etwas weiter entfernt und beobachten das Haus von dort aus. Dagegen kann er nichts machen, und wir können ihn trotzdem im Auge behalten.«

»Okay. So machen wir es.« Die beiden Officer entfernten sich vom Haus, stiegen in ihren Dienstwagen und fuhren ein Stück die Straße herunter, um dann zu wenden und ihren neuen Beobachtungsposten einzunehmen.

Nat und Hanson machten sich ebenfalls auf den Weg zum Auto. Nat drückte Hanson die Autoschlüssel in die Hand. »Fahr' du bitte, ja? Ich bin total groggy!«

»Klar. Ist ja kein Wunder, dass es dir nicht gut geht. Normalerweise hättest du ja noch den ganzen Tag im Krankenhausbett verbringen müssen.«

Gegen 19 Uhr trafen sie wieder im Büro ein, und Grant kam aufgeregt auf sie zu. »Gut, dass ihr kommt! Ich habe einiges über Stephen Elliot herausbekommen!«

»Gut, Key. Erzähl! Wir sind schon ganz gespannt!«

Grant sah ihn besorgt an. »Du siehst aber gar nicht gut aus, Nat! Wie geht es dir?«

»Es geht schon. Nur ein wenig müde. Vielleicht lege ich mich gleich mal ein paar Minuten aufs Ohr.«

Grant nickte. »Genau, das machst du! Ich werde mich auf das Nötigste beschränken.« Sie stockte und sah nun zu Hanson hinüber, der ebenfalls an seinem Schreibtisch Platz genommen hatte. »Was war eigentlich mit den Masons? Habt ihr sie angetroffen? Ist dort alles in Ordnung?«

Hanson nippte an seinem Kaffee, den er sich unterwegs besorgt hatte. »Ja, so wie es aussieht. Er war zu Hause, seine Frau ist anscheinend mit dem Kind wegen Meinungsverschiedenheiten ein paar Tage zu ihren Eltern gefahren.«

»Obwohl er auch ein wenig seltsam wirkte«, warf Nat ein. »Findest du nicht auch, Matt?«

»Wieso seltsam?«, fragte Grant nach.

»Er war nervös und wollte partout keinen Polizeischutz«, antwortete Hanson.

»Ja, er hat auf das Angebot sogar eher aggressiv reagiert, finde ich«, sagte Nat nachdenklich. »Egal. Erzähl uns lieber, was du Neues für uns hast, Key!«

Grant ging zu der Stellwand, an die sie einige Zettel mit Informationen und Fotos geklebt hatte. »Also«, sagte sie bedeutungsschwer und zeigte auf die erste Notiz. »Stephen Elliot wurde 1973 hier in Las Vegas geboren und wuchs in ziemlich miserablen Verhältnissen auf. Sein Vater war ein kleiner Drogendealer und seine Mutter alkoholkrank.«

Nat schluckte.

»Beide Elternteile wurden 1978 im eigenen Haus von einem Unbekannten erschossen, wahrscheinlich nach einem geplatzten Drogendeal. Daraufhin lebte Elliot zirka ein Jahr lang bei einer Tante. Danach verschwand er für ein paar Monate von der Bildfläche und tauchte dann in einem Kinderheim auf.«

Hanson fuhr sich mit einer Hand über den Nacken. »Mann, Mann, Mann!«

Grant presste ihre Lippen aufeinander. »Es geht noch weiter! 1981 adoptierte ihn dann eine Familie. Aus der Zeit weiß ich nicht viel, aber 1990 machte er dann seinen Highschool-Abschluss, sogar mit Auszeichnung.«

»Wirklich? Das ist erstaunlich, nach diesem Werdegang«, sagte Nat.

»Warte mal ab!« erwiderte Grant. »Vier Jahre später beendete er seine Universitätslaufbahn, bei der er übrigens auch seine Frau Judy kennengelernt hat, mit einem hervorragendem Zeugnis und bekam im Anschluss direkt einen Job bei einer Bank im Bereich Finanzmanagement und Controlling.«

Nat pfiff durch seine Zähne. »Wow! Nicht schlecht!«

»Key, du hast ja richtig viel herausgekriegt in der kurzen Zeit! Ich bin immer wieder erstaunt!«, meinte Hanson.

»Nun ja, ich habe ja auch meine Mittel und Wege«, sagte Grant und grinste ihn frech an.

»Und wie ging es weiter?«, fragte Nat. Ihn interessierte vor allem die jüngere Vergangenheit.

Die Halbasiatin kratzte sich verlegen unter ihrem rechten Auge. »Nichts ging weiter! Ihr seid ins Büro gekommen, und ich musste die Recherche unterbrechen.«

Nat seufzte enttäuscht. Gerade das, was ihn am meisten interessiert hätte, hatte Grant noch nicht parat. Was war der Auslöser für diese grausamen Amokläufe, die Elliot veranlasst hatte?

»Okay, dann führst du die Recherche fort, Key. – Und Matt? Fragst du mal bitte nach, ob bezüglich der Fahndung nach Elliot schon Ergebnisse vorliegen? Danach kannst du Key helfen.«

»Klar, mache ich«, erwiderte Hanson.

»Vielen Dank. Ich gehe dann mal für eine halbe Stunde nach hinten und ruhe mich aus. Falls ihr mich braucht, weckt mich!«

Hanson und Grant nickten verständnisvoll und machten sich an die Arbeit.

Nat kam erst nach einer Stunde mit einem dampfenden Kaffee in der Hand zu den beiden zurück und setzte sich zu ihnen.

»Da bin ich wieder«, sagte er und schlürfte aus seiner Tasse. »Etwas verspätet. Tut mir leid!«

Grant sah ihn lächelnd an. »Und? Geht es dir

besser?«

Nat grinste und zeigte auf sein Gesicht. »Schau mich an! Ich sehe doch wieder aus wie das blühende Leben, oder?«

Die Systemanalytikerin wusste nicht recht, was sie dazu sagen sollte, denn ihr Chef sah alles andere als frisch und fit aus. »Ähm, wir setzen dich am besten mal ins Bild über die Neuigkeiten aus Elliots Leben.«

»Gerne. Ich hoffe, ihr seid gut weitergekommen.«

»Wir sind zwar noch nicht ganz fertig, aber schon recht weit mit seiner Biographie. Höre und staune!« Grant rückte sich auf ihrem Stuhl zurecht. »Es ging weiter wie bei vielen anderen Paaren. Stephen und Judy blieben nach der Studienzeit zusammen, heirateten 1999 und arbeiteten viel und hart. Vielleicht klappte es auch deswegen nicht gleich mit dem Nachwuchs, den sie sich verzweifelt wünschten.«

»Wie kommst du darauf?«, fragte Nat.

»Nun ja, ich habe herausgefunden, dass sie jahrelang immer wieder künstliche Befruchtungen durchführen ließen, die alle nicht erfolgreich waren. Sie hatte entweder Fehlgeburten oder die befruchteten Eier nisteten sich gar nicht erst ein.«

»Die Daten hast du alle aus dem Klinikcomputer?«, fragte Nat.

Grant nickte. »Klar. Das war kein Problem.«

»Obwohl sie beide gut verdienten, ging ihnen anscheinend das Geld für die teuren Behandlungen aus. Wir haben festgestellt, dass Elliot irgendwann anfing, immer wieder kleine Summen auf ein eigenes Konto bei einer Bank auf den Cayman Inseln einzuzahlen«, fuhr Hanson weiter fort.

»Lass mich raten«, unterbrach ihn Nat. »Er hat Gelder veruntreut, es kam heraus, und er wurde gefeuert.«

»So ähnlich.« Hanson fuhr sich mit der Hand über seinen Nacken. »Wir wissen es nicht genau, aber vielleicht hatte er etwas gegen seinen damaligen Chef in der Hand. Auf jeden Fall hat man ihm normal gekündigt, ohne Anzeige und ohne Aufsehen.«

»Okay, das ist schon seltsam«, sagte Nat. »Und dann?«

»Elliot fand einen neuen Job im Controlling-Bereich, und zwar im *Venetian*. Doch sein Geldproblem blieb.«

»Er hat sich dann unter einem Vorwand von seinen Schwiegereltern 10.000 Dollar geliehen«, erklärte Grant.

»Was war das mit dem Vorwand?«, fragte Nat nach.

»Auf der Überweisung von Judys Eltern stand: 'Für unsere Geldanlage'.«

Grant fuhr fort. »Nach einem weiteren erfolglosen Befruchtungsversuch fing er mit dem Rest des Geldes an zu spielen. Ich habe Registrierungen für High-roller-Pokerturniere gefunden.«

»Und nicht nur das«, unterbrach Hanson sie. »Wir haben einen Polizeibericht gefunden, der besagt, dass er stark alkoholisiert und mit einer kleinen Menge Crystal Meth in der Tasche aufgegriffen wurde und daraufhin für drei Tage im Knast landete. Der Richter ließ ihn dann aufgrund seiner unbescholtenen Vergangenheit und unter Auflagen wieder gehen.«

»Die Verzweiflung der beiden muss immens gewesen sein«, sagte Nat.

»Ja, aber muss man dann vielleicht nicht einfach das Vorhaben, ein Kind zu bekommen, aufgeben?«, fragte Grant, die für sich selbst schon sehr früh beschlossen hatte, keine Kinder haben zu wollen.

»Das ist nicht so leicht zu akzeptieren, wie du denkst, Key.«

»Aber andere, denen von Anfang an keine Geldmittel zur Verfügung stehen, haben doch auch keine Chance.«

»Vielleicht kommt für diejenigen eine Adoption infrage«, sagte Hanson laut denkend. »Doch das zogen sie anscheinend beide nicht in Betracht, und mittlerweile – das Ganze zog sich ja schon über viele Jahre – waren sie auch dafür schon zu alt.«

»Dann plötzlich änderte sich kurzfristig die Meldeadresse von Judy Elliot«, fuhr Grant fort.

»Sie zog aus?«

»Ja. Wir können nur mutmaßen, dass ihr das mit dem Knastaufenthalt und den Drogen zu viel wurde und sie sich eine Auszeit von Stephen nahm. Aber seltsamerweise war sie dann doch nur für einen Monat fort. Dann kehrte sie zu Stephen zurück und sie war – ratet mal.«

»Schwanger?!«, platzte es aus Nat heraus.

»Genau.«

»Ehrlich gesagt will ich gar nicht so genau wissen, wie das passiert ist.«

»Und Stephen Elliot war es wohl auch egal, denn sie fingen an, alles für das Kind bei sich zu Hause einzurichten. Wir haben in seinen Kreditkarten-abrechnungen Quittungen für Babysachen, Kinder-möbel und so weiter gefunden.«

»Und unter anderem auch die Zahlungen für den Geburtsvorbereitungskurs«, fügte Hanson hinzu und sah Nat gleich nach seinen Worten ein wenig zerknirscht an.

»Was?«, fragte der irritiert.

»Das war es. Mehr haben wir leider nicht.«

Nat presste die Lippen zusammen. »Okay, dann macht ...«

Das Telefon auf seinem Schreibtisch klingelte. Nat stand auf und ging hin. »... bitte weiter mit eurer Recherche. Vor allen Dingen müssen wir wissen, wo seine Frau und das Kind abgeblieben sind!«, vervollständigte er den angefangenen Satz, bevor er abhob und sich auf seinen Stuhl setzte.

»Porter! – Mr. Mason mit ... Ja, bring' sie bitte hoch! Danke, Miranda!«, sagte er und legte auf.

Grant und Hanson sahen ihn von ihren Arbeitsplätzen aus fragend und mit großen Augen an.

Nat stand auf und beobachtete nebenbei die Fahrstuhltür. »Mason besucht uns gleich. Und zwar mit seiner Frau!«

»Ist die wieder nach Hause gekommen?«, fragte Hanson erstaunt. Das seltsame Verhalten von Mason war ihm die ganze Zeit nicht aus dem Kopf gegangen.

Nat nickte. »Anscheinend. Miranda sagte, er müsse uns wohl dringend etwas erzählen.«

»Da bin ich aber mal gespannt«, sagte Hanson.

Die Fahrstuhltür öffnete sich, und Nat setzte sich prompt in Bewegung, um Mason, seiner Frau und dem Kind, das sie auf ihrer Hüfte trug, entgegenzugehen.

Sein allererster Blick fiel auf Mrs. Mason. Er war von ihrem Erscheinungsbild ein wenig irritiert. Sie hatte tiefe Augenringe, ihre Haare wirkten ungepflegt, und an ihrer Kleidung fielen ihm kleine Flecken auf.

»Mrs. und Mr. Mason! Kommen Sie bitte. Ich bringe Sie gleich nach hinten in unseren Aufenthaltsraum. Dort ist es ruhiger, und wir können besser reden. Ist das in Ihrem Sinne?«

Beide nickten stumm. Irgend etwas stimmte nicht mit den beiden, dachte Nat.

»Kann ich Ihnen ein Getränk bringen lassen? Kaffee, Tee, Wasser?«

»Tee, bitte!«, sagten beide gleichzeitig und lächelten sich danach schwach zu.

»Gerne«, sagte Nat und wandte sich an Hanson. »Matt, bringst du bitte zwei Tee und für mich einen schwarzen Kaffee nach hinten und kommst dazu?«

Hanson nickte. »Mach ich.«

»Ich mache hier weiter!«, rief Grant Nat hinterher,

während er das Paar nach hinten lotste.

In dem kleinen Aufenthaltsraum mit seiner schummriger Beleuchtung bot er den beiden einen Platz auf dem Sofa an und setzte sich selbst auf einen der Sessel. Er warf kurz einen Blick auf das schlafende Kind und sprach dann Mrs. Mason an.

»Sie sind also extra von Ihren Eltern zurückgekehrt? Sie hätten uns doch auch von dort aus anrufen können.«

Mr. Mason hob seine Hand leicht an, um Nat zu unterbrechen. »Meine Frau ...« Es fiel ihm sichtlich schwer zu sprechen, und seine Frau starrte nur auf den Tisch vor sich. »Vicci wurde ...«

»Ja?«, versuchte Nat ihm Mut zu machen.

»Meine ...«, setzte Mason gerade erneut an, als Hanson mit den Getränken hereinkam, sie auf den Tisch stellte und sich in den anderen Sessel setzte.

»Ähm, ich wollte Sie nicht unterbrechen, Mr. Mason«, sagte der junge Agent und sah fragend zu Nat, der ihm mit einem kleinen Kopfschütteln zu verstehen gab, dass er sich nichts vorzuwerfen hatte.

Mason griff zu seinem Tee und nippte daran, bevor er ihn wieder abstellte.

»Mr. Mason?«, sagte Nat.

»Ja. Also meine Frau ist ebenso wie die anderen ... entführt worden.«

Nat und Hanson starrten ihn entsetzt an. »Was?«, riefen sie fast gleichzeitig. Nat sprang auf.

»Ich durfte es Ihnen doch nicht sagen!«, rief Mason und griff nach der Hand seiner Frau. »Er hat gedroht, beide zu foltern, zu vergewaltigen und zu töten, wenn ich seinen Anweisungen nicht Folge leiste!«

Nat, der begonnen hatte, nervös im Zimmer umherzugehen, während er Mason zuhörte, blieb stehen und beruhigte den Mann erst einmal. »Ist gut, Mr. Mason! Das Wichtigste ist, dass es Ihrer Frau und dem Kleinen gutgeht.« Nat setzte sich wieder und sah, wie die Frau mit zitternden Händen zu ihrer Tasse griff und einen Schluck daraus nahm.

»Mrs. Mason?«

Sie sah ihn an und nickte leicht.

»Darf ich Sie fragen, wie es Ihnen geht? Hat Elliot seine Ankündigungen, die Ihr Mann beschrieben hat, in die Tat umgesetzt? Brauchen Sie einen Arzt?«

»Mir geht es einigermaßen. Er hat mich nicht ...« Sie machte eine kurze Pause. »Sie wissen schon. Und Luca hat er auch nichts getan.«

Ihr Mann mischte sich ein. »Aber er hat ihr damit gedroht, sie mit dem Bügeleisen zu verbrennen.«

»Wieder das Bügeleisen«, sagte Hanson.

Beide sahen ihn entgeistert an. »Was heißt das? Wollen Sie damit sagen, dass er das mit den anderen Frauen gemacht hat?«, fragte Mr. Mason.

»Mr. Mason, solche Fragen bringen uns jetzt nicht weiter«, entgegnete Nat und wendete sich wieder an Mrs. Mason.

»Uns ist sehr wichtig zu erfahren, wie der Mann tickt. Wir haben zwar alle anderen Teilnehmer des Kurses unter Polizeischutz gestellt, aber er könnte sich jederzeit auch jemand anderes greifen und ihn auf diese Art erpressen. Können Sie mir sagen, wie er Sie in seine Gewalt bekommen hat?«

Mrs. Mason sah ihn mit ihren blauen Augen verängstigt an. »Er hat mich gestern auf einem Parkplatz nach meinem wöchentlichen Einkauf mit irgendeinem Mittel betäubt und in sein Auto gezerrt. Als ich wieder aufwachte, lag Luca neben mir und schrie vor Hunger.«

»Und wissen Sie, wo er Sie festgehalten hat?«, fragte Hanson.

Die Frau schüttelte den Kopf. »Nein, den genauen Ort weiß ich nicht, aber der Raum, indem er uns festhielt, sah aus wie ein ganz normaler Raum in einem ganz normalen Wohnhaus. Auf dem Boden lag eine Matratze, das Fenster war von innen mit Holzplatten vernagelt.«

Das bringt uns auch nicht wirklich weiter, dachte Nat verzweifelt. »Mr. Mason, Sie wissen ja, dass die anderen Ehemänner aus Liebe und einer Art Pflichtgefühl ihr eigenes Leben opferten, aber auch zig andere mit in den Tod rissen, um ihre Frauen und Kinder zu retten.«

Der Mann, der nun ganz vorne auf der Kante des Sofas saß, nickte und schlug seine Augen nieder.

Nat fuhr fort. »Was sollten Sie tun, um Vicci und Ihren Sohn zu retten?«

»Ich sollte in der Silvesternacht mit einem Lastwagen in die Freemont Street rasen und dort mit Kerosin alles in die Luft jagen.«

Nat presste seine Lippen zusammen. »Eine schlimme Vorstellung! Hätten Sie das denn durchgezogen?«

Mason schluckte und nickte zögerlich. »Ich denke schon. Ich hätte es nicht ertragen können, wenn er den beiden etwas angetan hätte!«

Nat nickte verständnisvoll und wandte sich wieder Mrs. Mason zu. »Victoria, können Sie sich erklären, warum er Sie dann so plötzlich freiließ? Gab es dafür Ihrer Meinung nach einen guten Grund, einen Auslöser?«

Mrs. Mason, die krampfhaft ihre Tasse Tee in den Händen hielt, dachte nach. »Eigentlich nicht. Es war so, dass er plötzlich heute Morgen in das Zimmer kam und sagte, dass uns das Schicksal verschonen und wir bald freikommen würden. Zu dem Zeitpunkt hielt ich das noch für einen Trick, um mich ruhig zu stellen und in Sicherheit zu wiegen. Wie es sich herausstellte, hat er sein Wort aber gehalten.«

»Hat er sonst noch irgendetwas gesagt, das uns weiterhelfen könnte, Victoria?«, fragte Nat hoffnungsvoll.

Grant klopfte plötzlich an die Scheibe der Tür und bedeutete Nat und Hanson herauszukommen.

Sie entschuldigten sich und gingen zu Grant in den Flur.

»Was gibt es, Key? Hast du etwas herausgefunden?«, fragte Nat.

»Worauf du dich verlassen kannst, mein Lieber! Am besten kommt ihr mit zu meinem Arbeitsplatz.«

Sie gingen zu ihrem PC und setzten sich.

»Also ...«, fing Grant an und machte dabei ein bedeutungsvolles Gesicht, »... ich denke, ich habe den wahrscheinlichen Auslöser für Stephen Elliots Amoktaten gefunden!«

»Erzähl!«, forderte Nat die Halbasiatin auf.

»Was wir ja bei unserer Recherche vernachlässigt hatten, weil wir uns erst einmal auf Elliots Vergangenheit konzentriert hatten, war seine Ehefrau.«

Nat nickte. Dieser Umstand war ihm vorhin schon aufgefallen, weshalb er Hanson und Grant auch nochmal darauf hingewiesen hatte. »Und wo ist sie?«

Grant sah die beiden traurig an und drückte dann eine Taste auf ihrer Tastatur. Mehrere Bilder ploppten auf.

»Was ist das, Key?«, fragte Hanson, während er auf die Fotos starrte. Die Bilder zeigten einen völlig zerstörten Wagen, der von allen Seiten fotografiert worden war.

»Das sind Bilder des Unfalls, bei dem Judy Elliot am 31.12.2015 ums Leben gekommen ist. Silvester.«

»Sie ist tot?« Geschockt sah sich Nat die Fotos an.

Grant nickte.

»Das heißt auch, dass das so lang ersehnte Baby, welches zu dem Zeitpunkt noch in ihrem Leib war, auch gestorben ist.«

Grant nickte erneut.

»Aber wieso hast du das nicht schon eher herausgefunden?«, beklagte sich Nat.

»Das kann ich dir sagen. Irgendjemand hat sämtliche – und damit meine ich auch sämtliche – offizielle Daten zu diesem Unfall und auch die Sterbeurkunde von Judy verschwinden lassen.«

»Was?«, fragte Nat aufgebracht. »Wer sollte denn so etwas machen und hat die Möglichkeiten dazu?«

»Und wie bist du letztendlich an diese Daten gekommen?«, fragte Hanson.

Grant hob beschwichtigend ihre Hände. »Ich habe da einen Freund aus der Hackerszene, der noch ein wenig besser ist als ich, und der ...«

»... hat für dich die Informationen besorgt«, sagte Nat.

»Genau! Und diese Informationen sind höchst brisant, denn sie haben hauptsächlich mit unserem dritten Amoklauf zu tun.«

»Du meinst die vergifteten Opfer im *Venetian* und die ermordete Mutter aus dem Kofferraum?«, fragte Hanson und kaute nervös auf seinem Kaugummi.

»Yep!« Grant nickte. »Ihr werdet nicht glauben, wer diesen Unfall verursacht hat, und wobei!«

Nat wurde ungeduldig und sah Grant mit angespanntem Gesichtsausdruck an. »Komm schon, Key! Erzähl! Uns läuft die Zeit davon!«

Grant sah ihn zerknirscht an. »Du hast recht. Es waren die Tochter und der Schwiegersohn der Bürgermeisterin. Die haben sie auf dem Gewissen!«

Nat und Hanson rissen die Augen auf. »Was?«

»Kaum zu glauben, aber es stimmt! Sie liebten es anscheinend, nachts mit ihrem Porsche an illegalen Autorennen teilzunehmen.«

»Die Tochter der Bürgermeisterin? Ist das dein Ernst?«, fragte Hanson. »Ihr Mann war zudem noch Polizist!«

»Ja. Wirklich! Ich weiß, es ist unglaublich. Ausgerechnet sie hat das Leben von Judy und dem Ungeborenen vor einem knappen Jahr mit einem Schlag ausgelöscht.«

»Wie ist das Ganze passiert?«

»Anscheinend fand das Rennen irgendwo draußen außerhalb von Las Vegas statt. Judy fuhr von einer Seitenstraße genau hinein in die Rennstrecke und wurde dort von der Bürgermeistertochter erfasst. Sie hatte keine Chance.«

»Und dann?«

»Der Unfall wurde natürlich von der Polizei aufgenommen. Das Prozedere lief wie gewohnt ab, bis sich wohl die Frau Mama in die Sache einmischte. Und das tat sie ziemlich schnell.«

»Lass mich raten: Dein Hackerfreund hat herausgekriegt, dass alle Beteiligten geschmiert oder bedroht wurden und daraufhin alles im Sande verlief.«

»Und was haben sie Stephen Elliot erzählt?«, fragte Hanson. »Irgendein Märchen, oder was?«

Grant nickte. »Genau das. Jedoch hat es letztendlich nicht wirklich funktioniert. Elliot hat wahrscheinlich genau das herausgekriegt, was wir jetzt auch wissen.«

»Und dann hat er sich gerächt«, sagte Nat. »Er hat dann Sam Gosling als Aushilfskellner bei der Hochzeit eingeschleust, um die Leute zu vergiften. Das nenne ich mal zwei Fliegen mit einer Klappe schlagen. Sein Ziel war nicht nur die Familie der Bürgermeisterin, die waren vielleicht sein Hauptziel, sondern auch die Familien aus dem Kurs, die im Gegensatz zu ihm mit ihren Babys ein unbeschwertes Leben genießen konnten. Das hat er ihnen nicht gegönnt.«

»Nicht zu vergessen die vielen anderen Opfer! Offenbar will er die Weltstadt Las Vegas in Verruf bringen, weil sie ihm und seiner Familie immer nur

Unglück gebracht«, vermutete Hanson.

»Jetzt kennen wir zwar den Grund für seine fortlaufenden Amoktaten, aber wir haben keine Ahnung, was er noch vorhat. Für morgen hat er uns sein großes Finale angekündigt, und uns läuft langsam die Zeit davon.« Nat atmete tief aus, sah zur Wanduhr, die 22.00 Uhr anzeigte, und stand auf. »Nichtsdestotrotz werden wir jetzt Feierabend machen, Leute! Die gefährdeten Personen sind alle unter Bewachung. Morgen gehen wir dann frisch ans Werk, um Elliot zu stoppen. Wir brauchen alle dringend eine Mütze Schlaf!«

Hanson und Grant nickten ihm zu.

Er wandte sich an Hanson. »Würdest du dich bitte noch um die Masons kümmern und sie mit einer Polizeistreife nach Hause bringen lassen und auch ihre Bewachung organisieren?«

»Klar, mache ich, Nat. Kein Problem!«

Nat nahm seine Lederjacke von der Stuhllehne, legte seinem jungen Kollegen freundschaftlich die Hand auf die Schulter und lächelte ihn an. »Danke, Matt. Wir sehen uns morgen um acht.«

Als er an Grant vorbeiging und sich verabschieden wollte, fiel ihm etwas ein. »Sag mal, Key. Hast du eigentlich etwas von Joe gehört? Ich bin noch gar nicht dazu gekommen, mit ihm zu telefonieren. Hast du mit ihm gesprochen?«

Grant, die gerade dabei war ihren Rechner herunterzufahren, hielt inne, um Nat zu antworten. »Heute Mittag habe ich mit ihm telefoniert, und er hoffte wohl, dass er noch eine späte Maschine nach Vegas bekommt. Die Anhörung in LA ist scheinbar gut gelaufen.«

Nat lachte. »Das wäre ja prima. Wir können jetzt jede Hand gebrauchen.« Er winkte Grant mit einem zwinkernden Auge zu. »Also mach' s gut! Wir sehen uns morgen früh!«

»Ja, bis morgen, mein Lieber! Viele Grüße an deine beiden Schätze!«

»Richte ich aus!«, rief Nat ihr zu und machte sich auf den Weg zum Fahrstuhl.

Zwanzig Minuten später kam Nat in der Tiefgarage seines Apartmenthauses in Paradise an, und er freute sich unbändig auf seinen Feierabend und vor allen Dingen auf Cindy und seine kleine Tochter. Er hatte seine Freundin nach dem missglückten Zugriff bei Elliots altem Haus vom Auto aus angerufen und sie darüber informiert, dass er das Krankenhaus freiwillig auf eigenen Wunsch verlassen hatte. Sie war darüber überhaupt nicht erfreut ge-wesen, musste ihm aber letztendlich recht geben, dass er alles daransetzen musste, um dieses schreckliche Monster zu finden und die nächste Tat zu verhindern.

Nat stieg in den Fahrstuhl und fuhr in den 9. Stock hinauf. Normalerweise nahm er, wenn er nicht dazu kam, etwas für seine Fitness zu tun, die Stufen des Treppenhauses, aber heute hatte er es eilig. Er wollte nur noch eine Kleinigkeit essen, sich für ein paar Minuten an die Wiege von Sheila setzen, ihr beim Schlafen zusehen und sich dann selbst ins Bett legen. Er fühlte sich nach dem anaphylaktischen Schock, der unruhigen Nacht im Krankenhaus und dem turbulenten Tag einfach nur komplett erledigt. Außerdem tat ihm immer noch die Wunde des Katzenbisses weh, doch zumindest schlug das neue Antibiotikum, das sie ihm im Krankenhaus gegeben hatten, gut an. *Vielleicht lasse ich das einfach mit dem Essen,* dachte er als er die Tür zu seinem Apartment aufschloss und leise in die Wohnung trat.

Es war dunkel. Das konnte nur bedeuten, dass Cindy sich schon ins Bett gelegt hatte. Nat machte Licht und sah auf sein Handy. Kein Wunder, dachte er. Es war schon 22.30 Uhr, und Cindy hatte ihm erzählt, dass ihre letzte Nacht mit der Kleinen mindestens genauso unruhig gewesen war wie seine.

Nachdem er Jacke und Schuhe ausgezogen hatte, ging er in die offene Wohnküche, um sich wenigstens noch eine kalte Milch zu holen.

Er nahm das Tetrapack aus dem Kühlschrank und wollte sie an seinen Mund setzen, als sein Blick ins Wohnzimmer fiel. »Was zum Teufel?!«, rief er ungläubig, ließ die Milchpackung auf den Küchenboden fallen und lief los. »Cindy?«, schrie er aus Leibeskräften und hastete in Richtung Schlafzimmer. Doch es kam keine Antwort. »CINDY!«

11

Las Vegas
Samstag, 31. Dezember

Zwei Uhr. Nat lehnte mit dem Rücken am Wohnzimmerfenster und sah, wie die Kollegen von der Spurensicherung ihre letzten Sachen zusammenpackten und sich verabschiedeten. Leavers, der Chef des dreiköpfigen Teams, kam zu ihm und legte ihm beruhigend eine Hand auf die Schulter. »Nat, wir wünschen dir viel Kraft! Wir werden uns sofort an die Untersuchung der Blutspuren machen, okay?«

Nat nickte mit Tränen in den Augen. »Danke ...«, sagte er, dann versagte seine Stimme und er drehte sich weg.

»Schon gut, Nat! Ihr kriegt ihn! Da bin ich mir sicher!«, versuchte Leavers ihn aufzubauen und verließ mit eiligen Schritten die Wohnung.

Gleichzeitig betrat Joe Villano das Apartment und kam, nachdem er Nat gesehen hatte, direkt auf seinen langjährigen Kollegen zu und umarmte ihn. Nat klammerte sich schluchzend wie ein kleiner Junge an Villano und wollte ihn kaum mehr loslassen.

»Alles wird gut«, hauchte Villano über Nats Kopf hinweg und sah dabei aus dem Fenster in die Nacht hinaus. Nachdem sie sich langsam voneinander gelöst hatten, sagte Villano mit ernster Stimme: »Als ich vom Flughafen kam, berichtete mir Keyomi, dass Cindy und Sheila entführt worden sind. Da habe ich mich sofort ins Auto gesetzt und bin zu dir gekommen. Was ist denn genau passiert, Nat?«

Nat atmete tief aus und nickte mit seinem Kinn in die Mitte des Wohnzimmers. Villano drehte sich herum. Überall lagen rote Rosen im Wohnzimmer verstreut. Auf dem Boden, auf dem Sofa und auf dem Sideboard. »Was soll das denn?«

»Das kann ich dir erklären.«

Villano zog die Augenbrauen hoch. »Okay.«

»Du weißt ja, dass ich gestern Nacht aufgrund des anaphylaktischen Schocks ins Krankenhaus gekommen war und über Nacht dableiben musste. Einerseits zur Überwachung, andererseits wollten sie ein anderes Antibiotikum testen, um die bakterielle Entzündung der Hand in den Griff zu kriegen.«

Villano nickte.

»Am Vormittag, gerade als Cindy mit Sheila den Raum verlassen wollte, um nach Hause zu fahren, kam ein Blumenbote und brachte mir einen Strauß Rosen mit einer Nachricht vom Monopoly-Mörder. Leider bemerkten wir die Nachricht erst ein wenig später, und Matts Versuch, den Blumenboten zu erwischen, war erfolglos.«

»Und du meinst, dass es nicht nur ein harmloser Bote war, sondern dieser Elliot? So heißt er doch, oder?« Villano war durch seinen Aufenthalt in LA noch nicht komplett auf dem letzten Stand, und mit Namen hatte er schon immer Probleme gehabt.

Nat nickte. »Ja. Mittlerweile glaube ich, dass der Typ schon im Krankenhaus so vorwitzig war und mich dort direkt besucht hat.«

»Und der Trick mit den Blumen hat ihm Einlass in eure Wohnung verschafft, sodass er Cindy ohne Probleme überwältigen konnte.«

Nat wurde nachdenklich, nachdem er Villano den Vorfall aus dem Krankenhaus geschildert hatte.

»Was hast du?«, fragte Villano.

»Matt und ich haben gestern den Zugriff in Elliots altem Haus geleitet, der sich ja als totaler Flop herausstellte.«

Villano nickte verständnisvoll. »Manchmal steckt der Teufel drin.«

»Worauf ich hinaus will: Elliot hat mich direkt nach dem Einsatz auf meinem Handy angerufen und wusste genau, was wir gerade getan hatten.«

»Aha. Wie das?«

»Das haben wir uns auch gefragt und schließlich eine Wanze mit GPS-Sender der neusten Generation bei mir in der Lederjacke gefunden. Eben gerade ist mir eingefallen, wann er mir die untergeschoben haben könnte.«

Villano sah ihn neugierig an.

»Ich denke, es war im *Venetian*, als mir der Kellner aufgeholfen hatte, als ich ins Taumeln geraten bin. Je mehr ich darüber nachdenke, desto sicherer bin ich mir, dass er Ähnlichkeit mit dem Blumenboten hatte.«

»Okay. Das heißt, er ist verwandlungsfähig.«

»Warte!«, rief Nat aufgeregt. »Weißt du was? Ich glaube, dass ich ihn davor auch schon einmal gesehen habe.«

»Das wird ja immer interessanter.«

»Vor dem Haus der Dearings, wo ich mir den Katzenbiss eingehandelt habe, hat mich zweimal ein Typ mit Schirmmütze und Krücke angequatscht. Der hat sich, wenn ich mir das noch mal vor Augen führe, schon sehr seltsam verhalten und wollte mir schon da auf die Pelle rücken.«

»Wie?«

»Er wollte sich meinen Biss näher angucken, aber das wollte ich nicht.« Nat kratzte sich am Kopf. »Von der Statur und vom Alter her würde das durchaus mit den anderen beiden Malen zusammenpassen.« Nat zog sein Handy hervor und öffnete seine Notiz-App. »Ich habe mir seinen Namen und seine Adresse notiert. Keyomi soll den Namen nachher mal abgleichen. Ich könnte wetten, dass es diesen Namen unter dieser Adresse überhaupt nicht gibt.«

Villano sah seinen Kollegen mit ernstem Blick an.

»Nat, das ist ja alles schön und gut, bringt uns aber gerade nicht viel weiter. Ich habe den Eindruck, du versuchst gerade ein wenig zu verdrängen, was mit Cindy und Sheila passiert ist. Kann das sein?«

Nat sah seinen Kollegen, zu dem er schon seit vielen Jahren ein gutes Verhältnis hatte, betroffen an und setzte sich dann auf die Lehne des Ledersofas. Jegliche Spannung war aus seinem muskulösen Körper gewichen, sodass man ihm seine Mutlosigkeit direkt ansehen konnte. »Was sollen wir denn bloß machen, Joe?«

Villano schluckte. »Haben die Jungs deinen Anschluss und dein Handy bereits unter Überwachung?«

Nat nickte. »Natürlich. Wir müssen es irgendwie schaffen, seinen Standort herauszufinden.«

Villano verzog seinen Mund. »Ganz ehrlich? Ich glaube, der Typ ist mit allen Wassern gewaschen. Der fällt auf so etwas nicht ...«

Ein Geräusch, das von Nats Laptop ausging, unterbrach ihn in seiner Rede.

Nat sprang auf und ging zu seinem Schreibtisch. »Das kommt von meinem Skype-Zugang! Das ist bestimmt er!«

»Siehst du, sag ich doch. Wenn er pfiffig ist, nutzt er verschlüsselte Wege über das Internet.«

Nat hatte sich inzwischen hingesetzt und den Laptop aufgeklappt. Sein Herz begann vor Aufregung zu rasen. Was würde ihn erwarten?

»Okay. Jetzt musst du leise sein, ja?«, sagte er zu Villano. »Er muss ja nicht unbedingt wissen, dass ich nicht allein bin.«

Villano nickte ihm zu. »Okay.«

Dann drückte Nat auf das grüne Hörersymbol und nahm den Videoanruf entgegen. Auf dem Bildschirm erschien eine Sekunde später ein Mann, der ihn mit einem süffisanten Blick anlächelte. *Er ist es wirklich,* dachte Nat, und seine Nervosität stieg weiter. Elliot hatte volles braunes Haar mit einem leicht grauen Ansatz an den Schläfen, stechend blaue Augen und ein markantes Kinn. Angezogen war er mit einem blutroten T-Shirt. Außerdem erkannte Nat, dass sein Körper in der Vergangenheit sehr muskulös und durchtrainiert gewesen sein musste.

»Nat Porter! Wie schön, dich wiederzusehen!«, sagte Stephen Elliot sehr langsam und exzentrisch. Er weidete sich augenscheinlich an Nats Anblick.

Nat zwang sich ruhig zu bleiben. »Wo sind meine Frau und meine Tochter?«, sagte Nat und fixierte Elliot.

»Jetzt ist es plötzlich deine Frau? Mir war gar nicht bewusst, dass ihr noch schnell geheiratet habt«, grinste Elliot.

Nat wurde wütend. »Lassen Sie Ihre Sprüche und antworten Sie mir gefälligst!«

»Oh! Ich weiß nicht, ob du überhaupt in der Lage bist, hier irgendwelche Forderungen zu stellen!« Elliot sah auffällig zur Seite. Nat meinte, ganz leise im Hintergrund Geräusche zu hören. Er war sich aber nicht sicher. Nervös biss er sich auf die Lippe. Elliot sah so aus, als ob er die Situation überdenken würde.

»Naja. Ich will mal nicht so sein«, sagte er schließlich und sah wieder in die Kamera. »Sie sind hier. Bei mir. In meinem persönlichen Todestrakt. Und … ach, weißt du was ...«

Nat blieb die Luft weg. *Hat er eben Todestrakt gesagt?* Doch bevor er reagieren konnte, sah er, wie sich Elliot von seinem Sitz erhob und sich die Kamera, die er benutzte, durch den Raum bewegte.

»Bevor ich dir viel erzähle ... Bilder sagen doch häufig mehr als tausend Worte!«

Nat verfolgte mit klopfendem Herzen den Weg, den der Entführer durch den Raum nahm, und auch Villano hatte sich ein wenig abgewandt von der Laptopkamera positioniert.

»Na, dann wollen wir doch mal sehen«, sagte Elliot und kam mit seinem Gesicht so nah an die Webcam, dass er den ganzen Bildschirm ausfüllte.

Das Bild verschwamm vollständig und Nat hörte nur ein grausames dreckiges Lachen. Ihn schüttelte es innerlich. Er hatte den Typen unterschätzt. Es machte wirklich den Anschein, als wäre er nicht nur abgebrüht in seinem Vorgehen, sondern total verrückt!

Nachdem Elliots Fratze plötzlich und unvermittelt aus dem Bild verschwand, bot sich Nat ein Anblick, der ihm den Atem raubte. Cindy kauerte nackt und an Händen und Füßen gefesselt auf einer Matratze am Boden, hatte einen Knebel im Mund, und sie sah ihn mit flehendem Blick an.

»Cindy!«, rief Nat aufgebracht und konnte kaum glauben, was er da sah. Er sprang auf, fuhr sich über seine Glatze und brachte sein Gesicht schließlich direkt an die Webcam. »Sie Schwein! Was machen Sie mit Ihr?«, schrie er. »Wo ist Sheila?«

Statt einer Antwort schwenkte die Kamera zu einem Tisch. Nats Blick musste sich erst einmal fokussieren, bis er erkannte, was darauf lag. Es waren diverse Werkzeuge und elektrische Geräte.

»Was soll das?«, schrie Nat laut. »Sie können die beiden nicht foltern! Sie sind die Angehörigen eines FBI-Agenten!«

Er hörte erneut ein lautes anhaltendes Lachen. »Und das soll mich beeindrucken? Wo ich doch auch vor der Bürgermeisterin und ihrer Bagage keinen Halt gemacht habe.«

»Das war etwas ganz anderes!«, versuchte Nat ihn zu beeinflussen. »Die Tochter der Bürgermeisterin hat schließlich Ihre Frau und das Baby auf dem Gewissen. Und die Mutter hat versucht, alles zu vertuschen! Meine Freundin hingegen hat noch nie irgendjemanden etwas zuleide getan!«

»Das haben die vielen anderen, die auch draufgehen mussten, wahrscheinlich auch nicht«, sagte Elliot zur Kamera gewandt. »Und weißt du, Nat, das ist mir auch ziemlich egal«, sagte er in einem vertraulichen Ton, »denn ich möchte, dass so viele Leute wie möglich in dieser tollen glamourösen Stadt ins Gras beißen. Sie hat mir mein ganzes Leben lang nur Unglück gebracht. Ich hasse sie über alles!«

Nat war verzweifelt. Er selbst, Hanson und Keyomi hatten ja schon über die Gründe seines Handels spekuliert, und ihre Vermutungen stellten sich nun als richtig heraus. »Aber warum die vielen anderen und nicht die Bürgermeistertochter? Die eigentliche Verursacherin lebt doch noch! Warum rächen Sie sich nicht an ihr?«

»Oh ja! Das Ereignis war nicht perfekt. Leider war das Schätzchen schwanger und hat den vergifteten Sekt gemieden. Doch woher willst du wissen, dass ich sie inzwischen nicht doch schon gekillt habe?«, fragte Elliot, während Nat ihm dabei zusehen konnte, wie er mit den diversen Werkzeugen hantierte und mal dieses oder jenes anhob und dann wieder niederlegte, als ob er überlegen würde, welches er für die Folter benutzen würde.

Dann wandte er sich plötzlich Nat wieder vollends zu. »Nein, Nat. Du hast natürlich recht. Die liebe Bürgermeistertochter lebt noch, aber – sie ist schon auf dem guten Wege, bald zu ihrer Mutter zu stoßen.« Er lachte. »Na gut, was heißt bald? Ich denke, dass sie sogar dich und mich noch ein, vielleicht auch zwei Tage überleben wird, wenn auch sehr, sehr durstig.«

»Was …«, setzte Nat an, doch Elliot sprach weiter.

»Du fragst dich jetzt sicher, was das bedeutet, und ich will es dir sehr gerne erklären, mein lieber Nat!«

Nat ahnte, was jetzt kommen würde.

»Wie du ja in den letzten Tagen mitbekommen hast, braucht man manchmal ein Druckmittel, um seine

Ziele zu erreichen, und bis jetzt hat dieses Prinzip auch sehr hervorragend funktioniert, wie ich finde. Deshalb rate ich dir, nun gut zuzuhören, wenn du deine Freundin und dein Töchterchen retten willst!«

Nat wurde schlecht, und tausend wirre Gedanken rasten gleichzeitig durch seinen Kopf.

»Durch meine hervorragende Arbeit im *Venetian,* und ich meine jetzt nicht die gelungene Vergiftungsaktion, die der liebe Familienvater Sam Gosling für mich durchführt hat. Nein, ich meine die Geschichte, als ich dir aufhalf ...«

Also war es tatsächlich so, dachte Nat.

»... und dir den Peilsender mit dem starken Mikro untergeschoben habe. Dadurch erfuhr ich, dass du im Besitz einer Flugerlaubnis bist, und das brachte mich auf eine viel bessere Idee, als das, was ich mir vorher als Finale für das Silvesterfest ausgedacht hatte.«

»Sag schon, was du willst, du Schwein!«, schrie Nat sein Gegenüber an.

»Das ist ganz einfach, Nat. Du hast das Vergnügen, den letzten Helden in meinem blutigen Spiel geben zu dürfen! Und zwar mit einem Flugzeug, das du zusätzlich noch mit ein paar extra Fässern Kerosin belädst, mit dem du nach Downtown fliegst, um dort um Mitternacht durch einen gekonnten Sturzflug auf die überdachte Freemont Street ein gigantisches Feuerwerk zu entfachen!«

Villano hielt den Atem an und konnte kaum fassen, was er da gehört hatte.

Auch Nat war im ersten Moment sprachlos und sah Elliot entgeistert an. Wie krank war dieser Mensch? Er hatte mit ihm genau dasselbe vor wie mit den bedauernswerten Familienvätern, die sich vor ihm opfern mussten!

Elliot grinste ihm entgegen. »Na? Was sagst du dazu, Nat? Ist das nicht die perfekte Idee?«

»Da ... da werden Tausende von Leuten Silvester

feiern«, stotterte Nat.

»Ganz genau richtig, Nat! Tausende in bester Feierlaune!«

»Ich werde das nicht tun! Niemals!«, rief Nat fest entschlossen in die Webcam.

Elliot wandte sich wieder dem Tisch zu, griff nach einer Zange und hielt sie demonstrativ in die Kamera. »Hm. Bist du dir da ganz sicher, Nat?«

Nat versuchte, unbeeindruckt zu wirken, obwohl ihm bewusst war, was Elliot vorhatte. »Kommen Sie! Lassen Sie die Spielchen. Sie sind durch den Tod Ihrer Frau und des Ungeborenen seit Monaten durcheinander und verwirrt. Wir werden Ihnen sicher helfen können, wenn Sie jetzt damit aufhören! Ich werde mich persönlich für Sie einsetzen!«

Stephen Elliot brach erneut in schallendes Gelächter aus. »Förderst du jetzt den kleinen Rest aus dem Psychologieunterricht an der FBI-Akademie zu Tage? Nat! Mach dich nicht lächerlich! Wir wissen beide, dass es für uns kein Zurück gibt!«

Es entstand eine Pause. Nat starrte auf den Bildschirm. Sein Hirn war wie leergeblasen. Was sollte er jetzt tun? Wenn er sich weigerte, würde Elliot vor seinen Augen anfangen, Cindy zu foltern, und vielleicht sogar auch noch sein Baby!

Die Kamera schwenkte wieder hinüber zu Cindy, die immer noch zitternd auf dem Boden kauerte und wimmernde Laute von sich gab. Der Anblick ließ Nat das Blut in den Adern gefrieren. *Was habe ich ihr nur durch meinen Beruf angetan?*, dachte Nat. *Ich sollte in der Gewalt dieses Wahnsinnigen sein, nicht sie.*

Elliots Gesicht erschien wieder im Bild. »Und? Wie sieht es aus? Die große Frage des Tages lautet: Du oder sie?«

Nat bemerkte irritiert, wie sich Villano von hinten dem Bildschirm näherte und von Elliot unbemerkt einen großen Zettel in die Luft hielt. Er las: 'Geh auf den Deal ein! Du hast keine andere Wahl!' Nat konnte nicht glauben, was er da las, und sah Villano irritiert an. Villano kritzelte unterdessen etwas auf den Zettel. Es waren nur zwei Wörter: 'Tu es!' Nat kam mit der Aufforderung nicht klar und schüttelte seinen Kopf. Wie konnte sein Kollege verlangen, dass er sein Leben beendete und tausende Leute in den Tod schickte?

»Du überlegst noch? Ist die Liebe doch nicht so groß, Nat?«

»Das hat damit überhaupt nichts zu tun«, schrie Nat ihn an. »Ich liebe beide über alle Maßen! Cindy, hörst du mich?«, wandte er sich nun direkt an seine Freundin. »Ich liebe dich!«

»Ich mache es dir ein wenig leichter, Nat! Das hat bei den anderen Männern auch hervorragend funktioniert! Ich habe da etwas nachgebaut, was ich mal in einem Film gesehen habe.«

Nat sah wie Elliot eine U-förmige Holzschiene vom Tisch nahm und damit zu Cindy hinüberging. Er drehte sie aus der kauernden Stellung auf den Rücken, und da ihre Beine und Arme über dem Bauch mit einem Strick zusammengebunden waren, befand sie sich jetzt in einer noch menschenunwürdigeren Position. Cindy wimmerte und flehte durch ihren Knebel, und es brach Nat das Herz, sie so zu sehen.

»Wie lange willst du dir das noch angucken, Nat?«, zischte Villano ihm leise von der Seite zu und sah ihn mit alarmierendem Blick an. »Mach dem Schauspiel ein Ende und sag endlich, dass du es tust!«

Elliot ging in der Zwischenzeit grinsend um Cindy herum und blieb stehen. Von seinem Standort aus hatte er eine gute Sicht auf Cindys entblößten Unterleib. Es sah so aus, als könne er sich an dem Anblick nicht satt sehen. »Eigentlich schade drum!«, sagte er süffisant.

»Lass sie in Ruhe, du Schwein!«, schrie Nat verzweifelt.

Elliot verließ seinen Platz, kniete sich neben Cindy auf den Boden und schob den Holzkasten längs von oben unter ihren Kopf.

Nat sah, wie Cindy verzweifelt versuchte sich gegen dies Maßnahme zu wehren. Unmenschliche Laute drangen durch ihren Knebel, und Tränen liefen an ihren Wangen herunter.

»Hören Sie damit auf! Sofort!«

Elliot sah in die Kamera. »Sag' die zwei Zauberworte, dann stoppe ich diesen höchst amüsanten Vorgang!«

Nat starrte auf den Bildschirm. Was konnte er tun? Er wollte Cindy und Sheila befreien und sie retten, aber konnte er stattdessen tausende Unschuldige opfern? Verzweifelt fuhr er sich über den Schädel, schlug dann mit der Faust auf den Tisch und schrie laut seinen Schmerz heraus: »Scheiße! Cindy! Was soll ich tun?«

Villano zischte erneut. »Sag, dass du es tust!«

Nat blickte ihn unter Tränen an und schüttelte verzweifelt den Kopf. Dann sah er, wie Stephen Elliot anfing die beiden Seiten des Kastens über ein Gewinde immer näher an Cindys Wangen zu bringen.

Er meint den Mafiafilm 'Casino' von Martin Scorsese, fuhr es Nat durch den Kopf.

»Nat! Sieh' dir das süße Gesicht deiner blonden Freundin nochmal in voller Schönheit an, denn es wird das letzte Mal sein! Zuerst werde ich ihr nämlich die Schläfenknochen brechen, dann folgen Keil- und Jochbein, die Augen treten immer mehr aus den Höhlen ...«

Elliot würde Cindys Schädel zerquetschen! Bei Emma Gosling hatte er auch nicht haltgemacht und sie einfach so abgeschlachtet. Der meinte es ernst!

»Stop!«, schrie Nat. »Hören Sie auf! Ich tu es!«

Villano atmete im Hintergrund erleichtert auf.

Nat sah, dass Elliot sofort aufgehört hatte, an dem Gewinde zu drehen. Er kam mit dem Gesicht nah an die Kamera. »Sehr gut, Nat! Ich nehme dich beim Wort! Dann werde ich dir jetzt erläutern, wie wir heute Nacht vorgehen werden ...«

12

Las Vegas
Samstag, 31. Dezember

Freemont Street. Silvesternacht. 23.30 Uhr.

Stephen Elliot hatte seinen Wagen in dem Parkhaus eines Casinos direkt am Ende der Freemont Street geparkt. Er brauchte Ruhe für das Gespräch, das er jetzt führen würde, und draußen auf der Straße herrschte zu viel Trubel. Er sah auf die digitale Zeitanzeige seines Handys. Es war 23.30 Uhr und damit höchste Zeit, sich noch einmal bei Nat Porter zu melden und ihm grünes Licht für den Start zu geben.

Er startete die Videochat-App auf seinem Handy und wählte Nats Nummer. Dann stellte er den Ton auf Lautsprecher um.

»Nat? Hallo? Hörst und siehst du mich?«

Das anfangs sehr schlechte Bild stabilisierte sich, und er sah Porters Gesicht klar und deutlich auf seinem Bildschirm.

»Ja, ich bin hier und ich höre Sie«, rief Porter etwas lauter.

»Du siehst ziemlich mies aus, mein Freund! Ich nehme an, das hängt mit den Umständen zusammen.«

Er sah, wie Porter sein Gesicht verzog. »Ich sage dazu nichts.«

»Okay, Nat. Dann sei bitte so freundlich, geh nochmal mit deinem Handy nach hinten und zeig mir die drei Fässer mit Kerosin, die du an Bord bringen solltest.«

»Warum? Sie sind an Bord. Genau, wie Sie es verlangt haben!«

»Ich will sie sofort sehen, sonst muss ich leider die Wangen deiner Freundin wieder ein wenig quetschen.

Die Arme liegt hier immer noch nackt und gefesselt und muss sich obendrein noch das Geschrei von dem Baby anhören. Und ob das ohne Milch noch lange durchhält ...«

»Nein! Ist ja schon gut! Ich zeige Ihnen die Fässer! Okay?!« Er sah, wie sich Nat Porter von seinem Pilotensitz im Cockpit erhob, dann aber kurz innehielt und in die Handykamera sah. »Bitte quälen Sie meine Freundin nicht weiter! Binden Sie sie los und lassen Sie Cindy das Baby stillen!«

Elliot sah kurz zur Seite und tat mit Absicht so, als würde er zu seiner Gefangenen hinübergucken. »Hm. Vielleicht tu ich das. Es ist wirklich schade um die viele Milch, die ihr schon aus den vollen Brüsten herausläuft.«

»Sie Schwein! Machen ...«, fing Porter an ihn zu beschimpfen.

»ZEIG MIR JETZT DIE FÄSSER!«, würgte er ihn ab. »Wir haben keine Zeit zu verlieren, wenn du um Mitternacht am Ort und Stelle sein willst!«

Er sah, wie Porter im Flugzeug nach hinten ging und schließlich auf die dort zwischen den Sitzen festgezurrten Fässer zeigte.

»Zufrieden?«, fragte der schwarze Agent mit mürrischem Gesicht.

»Okay. Ich geh mal davon aus, dass sie auch mit Kerosin gefüllt sind. Sollte das nicht der Fall sein ...«

»ES IST KEROSIN!«, schrie Porter ins Handymikrofon.

»Dann geh jetzt ins Cockpit zurück und starte das Flugzeug.«

»Mach' ich«, sagte Porter mit niedergeschlagener Stimme.

Elliot beobachtete, wie der Agent sich auf den Pilotensitz setzte und anfing, Knöpfe und Hebel umzulegen. Sofort blinkten einige Lichter und Anzeigen gelb und rot auf.

»Weißt du Nat, du bist ein echter Glücksfall! Erstens bist du im Besitz eines Flugscheins, und zweitens konntest du es als FBI-Agent einrichten, dass du jetzt zu diesem Zeitpunkt die Maschine starten kannst.«

Porter, der immer noch damit beschäftigt war, den Start vorzubereiten, hob kurz das Handy an, das mithilfe eines Gurts an seinem Hals vor seiner Brust hing, um alles per Video zu dokumentieren. »Stellen Sie sich das nicht so leicht vor! Die Sondergenehmigung habe ich nur mit Hängen und Würgen bekommen, und fast hätte es gar nicht geklappt!«

Elliot lachte. »Umso besser! So werden deine Freundin und ihr Baby wohl weiterleben.« Er sah auf die Uhr. Es war 23.40 Uhr. »So, es ist Zeit zum Abheben, Nat!«

Er sah, wie Porter noch einmal das Handy hochhielt und in die Kamera sah. Sein Blick wirkte verzweifelt, und der Angstschweiß ließ seine schwarze Stirn glänzen. »Versprechen Sie mir hoch und heilig, beide sofort freizulassen?«

»Du weißt, dass ich mein Versprechen bei den anderen gehalten habe.«

»Das ist keine Antwort!«, schrie Porter. »VERSPRECHEN SIE ES!«

»Okay, Nat, wenn es dir in deinen letzten Minuten Ruhe zum Fliegen verschafft, verspreche ich es dir!« Er hörte Porter vor Erleichterung laut seufzen und grinste. *Wenn du wüsstest.*

»Pass auf, Nat. Nun möchte ich, dass du das Handy mit dem mitgebrachten Panzertape an die Seitenscheibe des Cockpits klebst, damit ich sehen kann, dass du auch wirklich dorthin fliegst, wo du hinsollst.«

»Also dafür ist das Klebeband.«

»Richtig.« Elliot sah, dass Porter seinen Forderungen sofort nachkam. »Bist du bereit für deinen letzten Flug, Nat?«

»Ja.«

»Eine Sache noch!«

»Was?« Porters Stimme klang genervt.

»Ich will, dass du die Freemont Street von Südosten her anfliegst!«

»Warum? Das ist doch nicht wichtig.«

»Doch, ist es!«, sagte Elliot mit Nachdruck. »Flieg' die Freemont von Südosten aus an, und dann lässt du das Flugzeug genau um Mitternacht zwischen Mitte und Ende des Kuppeldaches stürzen! Falls du das nicht so machst, kann ich mein Versprechen nicht halten!«

»Ist ja gut. Ich mache es! Im Übrigen werde nun den Kopfhörer aufsetzen, um mit dem Tower sprechen zu können«, sagte Nat Porter.

»Wir haben auch alles besprochen, Nat! Viel Glück! Wir sehen uns im Jenseits! Over and out!«

Elliot wartete noch solange im Auto, bis sich das Flugzeug zwei Minuten später in Bewegung setzte. Für den restlichen Verlauf des 'Ereignisses' musste er sich auf den FBI-Mann verlassen. Er stieg aus seinem Wagen, verließ über die Außentreppe das Parkhaus und schon war er mittendrin in einer Traube Menschen, die zur Freemont Street Experience Party wollten.

»Los, kommt! Beeilt euch! Es sind nur noch zehn Minuten!«, rief eine junge Frau mit einem Cocktailglas in der Hand.

Elliot, der von den Leuten mitgerissen wurde, dann aber vor der Absperrung stehenblieb, grinste. *Genieße die letzten zehn Minuten deines Lebens, Mädchen! Genieße sie!*

Dann ließ er seinen Blick kurz über die ganze Szenerie schweifen. Schon seit 18 Uhr ging es hier hoch her, denn auf mehreren Bühnen spielten schon die ganzen Abend Live-Bands. Auf dem imposanten

LED-Kuppeldach lief gerade ein älterer Musikvideoklassiker. Viele der Gäste bewegten sich zur Musik und begafften währenddessen die halbnackten Tänzerinnen, die auf den Tresen ihre Hintern und Brüste aufreizend in Szene setzten. Andere führten angeregte Unterhaltungen ... *Und bei allen fließt der Alkohol, als ob es kein Morgen gäbe.* Bei dem Gedanken musste Elliot unwillkürlich anfangen zu grinsen. Wie recht sie doch hatten! In zehn, er sah auf seine Uhr ... Nein, in neun Minuten würden sie alle ihr blaues Wunder erleben. Mit so einem Feuerwerk würde keiner von ihnen rechnen!

Natürlich hatte er beim Planen dieses Ereignisses auch über die Möglichkeit nachgedacht, Porter mit dem Flugzeug mitten in die Menschenmenge auf dem Las Vegas Strip krachen zu lassen, doch er hatte sich letztendlich dagegen entschieden. Der Absturz sollte hier an diesem legendären Ort das eigentliche Herz von Las Vegas treffen! Der Ort, an dem das Böse seinen Anfang genommen hatte. Diese Stadt hatte ihn und seine Familie komplett zerstört! Sie hatte ihm zuerst seine Eltern genommen, später sein Geld, dann seine Frau Judy und sein Kind! Und danach, eigentlich unwichtig, noch sein Eigentum und seinen Job! Einfach alles! Nun würde er sich für die ganzen Schicksalsschläge ein allerletztes Mal rächen.

Er warf einen Blick auf sein Handy und registrierte mit Wohlwollen, dass Porter das Flugzeug bereits durch die gar nicht so dunkle Nacht über Las Vegas flog. Der Himmel über der Stadt wurde von zahlreichen Lichtern erleuchtet. In etwas größerer Entfernung meinte er sogar den Strip erkennen zu können.

Zufrieden machte sich Elliot auf den Weg. Seine letzte Minuten wollte er auf dem Dach des Plaza-Hotels verbringen, das direkt am Ende der Freemont Street lag. Er kämpfte sich durch die Menschenmenge, überquerte die Straße und steuerte die Lobby des Hotels an. Im Inneren nahm er nicht den Fahrstuhl, sondern lief über das Treppenhaus die wenigen Stockwerke nach oben.

Ziemlich außer Atem kam er oben an und sah erneut auf die Uhr. Sie zeigte 23.57 Uhr. Er hatte es gerade noch so geschafft! Nun musste er sich hier nur noch ein exzellentes Plätzchen suchen, um das letzte und zugleich das fulminanteste Feuerwerk seines Lebens zu sehen. Elliot bahnte sich zielstrebig seinen Weg durch die wenigen Feiernden, die sich hier auf dem Dach eingefunden hatten, und stellte sich direkt an die Stelle, die dem bunt leuchtenden Kuppeldach am nächsten lag. Er lachte befreit. Genau hier war er richtig! Ein Blick auf sein Handy verriet ihm, dass er nur noch eineinhalb Minuten warten musste. Schnell holte er eine kleine Flasche Whisky aus seiner Jackentasche, öffnete sie und wollte sie ansetzen, doch er hielt inne. *Noch einen letzten kleinen Toast,* dachte er. Er hielt die Flasche ein Stück höher und sagte: »Auf uns, Judy! In einer Minute bin ich bei dir, und diese Drecksstadt kann mir für immer gestohlen bleiben!«

Eine dickere Frau, die sich bei ihrem Partner eingehakt hatte und neben ihm stand, sah ihn irritiert an. Er registrierte es lächelnd und nickte ihr freundlich zu. »Cheers!« Dann trank er die kleine Flasche in einem Zug leer. Unten auf der Freemont Street und auch oben auf dem Dach des Hotels fingen die Leute an, die letzten Sekunden des alten Jahres zu zählen. »15 – 14 – 13 ...« Gleich war es soweit!

Elliot richtete seinen Blick nach oben in den Nachthimmel. Ein warmes Glücksgefühl fing an ihn zu durchströmen. Da waren sie! Die blinkenden Lichter der Cessna! Nat Porter steuerte das Flugzeug direkt auf ihn zu und würde hier in ein paar Sekunden alles, aber auch wirklich alles, in die Luft jagen!

Nat saß mit angespanntem Gesichtsausdruck auf dem Pilotensitz der Cessna und flog direkt auf das Kuppeldach zu. Der Schweiß von seiner Stirn bahnte sich einen Weg über sein Gesichts. Jetzt war es gleich soweit. Seit einer Minute machte er sich keine Illusionen mehr über den Ausgang dieses Fluges.

Er sah auf seine Uhr. Es war 23.59 Uhr und 55 Sekunden, und er hatte den Anfang der überdachten Freemont Street erreicht. Gleich würde er … Er fing wie irre zu lachen an. Gleich würde er …

Elliot sah das Flugzeug heranfliegen. *Das Ende ist da!* Doch irgendetwas stimmte nicht! Sein Herzschlag beschleunigte sich ins Unermessliche. Dann sah er mit Entsetzen, dass die Cessna nicht wie erwartet im Sturzflug auf die Freemont Street krachte und ein tödliches Inferno für tausende Leute und ihn selbst verursachte …

Stattdessen spürte er plötzlich zwei kräftige Hände, die seine Arme ergriffen und ihn mit extremer Gewalt auf den Boden warfen. Dann kniete sich jemand mit seinem ganzen Gewicht auf seinen Körper und fing an, seine Hände zu fixieren. Vollkommen von der Situation überrascht wand er sich wie ein Tier hin und her, schrie laut und versuchte sich zu befreien. Doch der Mann, der ihn hielt, war zu stark.

Plötzlich erschienen zwei Beine, die in beigen Anzughosen steckten, in seinem Sichtfeld. »Happy New Year!«, rief ihm ein Mann zu, der sich nun zu ihm heruntergebeugt hatte. »Stephen Elliot! Sie sind verhaftet! Alles was Sie sagen ...«

13

Las Vegas
Sonntag, 1. Januar

FBI Büro. 1.00 Uhr morgens.

Nat, Hanson, Villano und Grant saßen gemeinsam, jeder mit einem großen Becher Kaffee in der Hand, im Besprechungszimmer und waren immer noch ganz aus dem Häuschen. Sie hatten es tatsächlich rechtzeitig geschafft! Es war ihnen gelungen, Stephen Elliots perverses Gedankenspiel in der letzten halben Stunde vor Ablauf der Frist zu entschlüsseln und ihn so auf dem Dach des Plaza-Hotels dingfest zu machen.

»Es war dieser eine Moment, als er von mir verlangte, den Sturzflug an dieser ganz bestimmten Stelle auszuführen«, sagte Nat mit leuchtenden Augen.

Grant nickte. »Da hat es bei mir auch Klick gemacht. Er wollte sicher sein, dass einerseits viele Menschen auf der Freemont Street sterben, andererseits aber auch, dass das Plaza-Hotel in einem Feuerinferno endet.«

»Verrückt«, sagte Hanson. »Er wollte in seinen letzten Sekunden alles unter Kontrolle haben und dann im Feuer sterben!«

»Doch da hat er nicht mit uns gerechnet«, sagte Nat lächelnd.

»Letztendlich war es gar nicht mehr so schwer, ihn zu identifizieren. Als wir sicher waren, dass wir ihn auf dem Dach des Plaza finden würden, haben wir uns alle, die dort waren, soweit das möglich war, näher angeguckt«, sagte Villano.

Hanson klinkte sich ein. »Er hatte zwar versucht sich, mit einer Cap und einer Spaßbrille zu tarnen, als er aber schließlich den Flachmann auspackte und direkt neben einer unserer verdeckten Ermittlerinnen einen Toast auf seine tote Frau aussprach, war es soweit. Sie gab uns ein verstecktes Zeichen, und der Zugriff erfolgte ohne weitere Zwischenfälle.«

Nat stand auf. »Ich bin wirklich froh, dass das wirklich alles so gut geklappt hat.« Er sah zu Villano. »Besonders dir danke ich, für deinen kühlen Kopf und für deine Besonnenheit! Ich weiß nicht, was ich ohne dich getan hätte, Joe.«

Villano nickte ihm zu. »Ist doch klar. Wir sind doch so etwas wie eine Familie.«

Grant horchte auf. »Nat, du meinst doch nicht etwa, dass du ohne Joe Elliots Forderungen tatsächlich nachgekommen wärst?«

Nat war überrascht über die offene, aber berechtigte Frage seiner Kollegin. Er war sich selbst nicht ganz darüber im Klaren, und er hatte noch gar keine Zeit gehabt, sich darüber Gedanken zu machen. »Ich denke ...«, begann er unsicher, »ich ...«

»Das ist doch jetzt nicht wichtig«, rettete ihn Hanson vor der Antwort. »Viel wichtiger ist, dass wir schnellstmöglich herausfinden, wo sich Cindy und Sheila befinden!«

»Richtig. Das hat jetzt erste Priorität!«, pflichtete ihm Villano bei.

Nats Handy klingelte plötzlich, und er ging ran. »Porter! – Okay. Danke. Bye.«

Nachdem er aufgelegt hatte, sah er seine Kollegen mit ernstem Gesicht an. »Das Kaffeekränzchen ist vorbei. Der Doktor hat Elliots gebrochene Rippe und die anderen Verletzungen verarztet, die er sich unterwegs eingehandelt hat, und sie haben ihn bereits in den Verhörraum gesetzt.«

Hanson stand voller Enthusiasmus auf und schlug seine Faust in die offene Handfläche. »Na dann wollen wir mal, oder?«

Nat wollte auf gar keinen Fall, dass es zu irgendeiner Art von Eskalation kam. Deshalb ging er auf Hanson zu und hielt seine Arme fest. »Ganz ruhig, Matt. Ja? Ich denke, die Kollegen von der Polizei haben ihn fürs Erste genug eingeschüchtert.«

»Ich bin ja kein Freund von Selbstjustiz, aber er hat schließlich sehr viele ihrer Kollegen bei der Hochzeitsfeier auf grausamste Weise mit Gift umgebracht«, sagte Villano mit zerknirschtem Gesicht. »Kann man es ihnen verübeln?«

Nat ließ Hanson los und sprach jetzt alle an. »Aber wir sind nicht so! Okay? Wir werden das jetzt auf vernünftige Art und Weise regeln, und zwar fix, damit Cindy und Sheila so schnell wie möglich gefunden werden.« Bei den letzten Worten fuhr er sich nervös über seinen verschwitzten Nacken. Wenn er nur an die Live-Bilder dachte, die er vor wenigen Stunden gesehen hatte … In welcher unwürdigen, lebensverachtenden Situation sie gewesen war! Und Sheila hatte er gar nicht zu Gesicht bekommen! Er wusste gar nicht, wie er das Ganze wiedergutmachen konnte, wenn beide wieder bei ihm waren. Falls sie wieder bei ihm sein würden …

»Nat? Kommst du?«, rief Hanson ihm zu und hielt ihm die Tür auf.

»Ja. Ja klar, ich komme.«

Gemeinsam verließen sie den Besprechungsraum und betraten das Großraumbüro. Außer ihrem Team war niemand anderes anwesend. In dem Raum, wo sonst ständig ein Telefon klingelte oder heftige Diskussionen geführt wurden, herrschte nun eine ungewohnte Stille.

Grant setzte sich direkt an ihren PC und gähnte herzlich vor Müdigkeit. »Nat? Ich werde nochmal alle Daten durchgehen, die ich in der Zwischenzeit angesammelt habe. Vielleicht ist mir ja doch noch etwas in den letzten Stunden durch die Lappen gegangen.«

»Mach das, Keyomi. Und zwar akribisch! Falls wir nichts aus Elliot herauskriegen, hängt vielleicht das Leben der beiden davon ab!«

Die Halbasiatin schluckte. »Ja, Chef.« Während Nat mit Hanson und Villano weiter zum Verhörraum ging, öffnete sie sofort eine erste Suchmaske. *Ich finde euch! Ganz bestimmt!*

Die männlichen Kollegen des Teams standen mittlerweile vor der Tür des Verhörraums. Nat hatte bereits die Hand auf der Türklinke. »Ich führe mit Villano das Verhör durch, und du«, dabei sah er seinen jungen Kollegen Hanson an, »verfolgst das Ganze aus dem Nebenraum, okay?«

Hanson schüttelte den Kopf. Er war ganz und gar nicht damit einverstanden. »Ich kann dich ja verstehen, Nat, aber das geht nicht!«

Villano stimmte ihm zu. »Er hat recht. Das gibt nur Ärger! Du bist ein direkter Angehöriger der entführten Opfer. Du darfst ihn nicht verhören. Lass uns das in die Hand nehmen, Nat! Vertrau' uns!«

»Nein ...« Nat folgte seinem ersten Instinkt, das Ganze selber in die Hand nehmen zu wollen, und öffnete die Tür einen Spalt.

Villano reagierte sofort, griff nach Nats Hand und drängte ihn von der Tür fort. »Nat! Lass' uns das erledigen!«

Nat seufzte und schlug die Augen nieder. Sie hatten ja recht. Er befand sich in einem Interessenkonflikt, und er durfte dieses Verhör nicht durchführen. »Okay, ich gucke mir das von außen an«, sagte er. »Aber, wenn ihr nicht weiter kommt ...«

»Dann suchen wir deine Hilfe. Versprochen!«, sagte Hanson.

Nat ging in den Nebenraum und sah durch die verspiegelte Scheibe, wie seine Kollegen sich Elliot gegenüber an den Tisch setzten.

Elliot hatte, wahrscheinlich wegen der schmerzenden gebrochenen Rippe, leicht vornübergebeugt dagesessen. Als er bemerkte, dass außer dem Polizisten, der ihn bis jetzt beaufsichtigt hatte, noch jemand im Raum war, regte er sich und richtete seinen Körper langsam auf. Nat bemerkte, dass sein Gesicht ziemlich lädiert aussah.

»Ah! Was sehen meine zugeschwollenen Augen? Hoher Besuch! – Nein. Stop! Der wichtigste Mann aus dem Team fehlt ja! Der Pilot! Derjenige, dem am meisten daran gelegen sein sollte, mit mir zu sprechen! Schließlich ist es ja seine hinreißende Frau mit dem sensationellen Hinterteil ...«

Nat ballte seine Faust und ihn juckte es, trotz seiner vorherigen Ansprache an die Kollegen, in den Fingern. Noch ein paar solcher Sprüche, und Elliot würde sich auf der Intensivstation wiederfinden.

Er beobachtete, wie Hanson aufstand und Elliot anschrie. »Halt bloß dein Maul ...«

Elliot fing wie irre an zu lachen und Nat sah, dass ihm anscheinend einer seiner Schneidezähne fehlte. Die Kollegen von der Polizei hatten ganze Arbeit geleistet. Widerstand gegen die Staatsgewalt lohnte sich eben nicht.

Villano versuchte, Ruhe in das Gespräch zu bringen. »Sie wissen, warum wir hier sind, Elliot. Sagen Sie uns, wo Cindy und ihre Tochter sind! Vielleicht kann das Ihre Situation, die ja sowieso ziemlich mies ist, ein wenig verbessern.«

»Das werde ich euch nicht sagen«, murmelte Elliot und sah Villano gelangweilt an. »Warum sollte ich auch? Ihr habt mir heute Nacht alles versaut! Das ganze herrliche Inferno!«

Villano beugte sich ein wenig vor. »Vergessen wir das mal. Haben Sie denn überhaupt kein Mitleid mit dem Baby?«, versuchte er dem in Handschellen gelegte Elliot ins Gewissen zu reden. »Ich meine, Sie wären ja um ein Haar auch Vater gewor ...« Als ihn der hasserfüllte Blick Elliots traf, brach Villano mitten im Satz ab.

Hanson übernahm. Er hatte angefangen, hinter Elliots Rücken hin- und herzulaufen, um ihn ein wenig zu verunsichern. »Wissen Sie eigentlich, was Ihnen blüht, wenn Sie ins Gefängnis wandern?«, fragte er in lauerndem Ton. »Die Wärter sind gar nicht gut auf Polizistenmörder zu sprechen. Da waren die kleinen Blessuren, die Ihnen auf dem Weg hierher entstanden sind, noch gar nichts zu dem, was da noch auf Sie zukommen wird!«

Elliot drehte leicht seinen Kopf zu Hanson, der nun kurz stehengeblieben war. »Auf mich wird gar nichts zukommen!«

Villano hob erstaunt seine Augenbrauen. »Ach, das ist ja interessant. Und warum denken Sie das?«

»Es ist so. Ich weiß es«, sagte Elliot gelangweilt.

»Aha. Sie wissen aber auch, dass kein Anwalt der Welt Sie hier noch rausboxen kann.«

Hanson reichte dieses Geplänkel. »Darum geht es hier nicht!« Voller Wut hieb er mit einer Faust auf den Tisch. »Sagen Sie mir jetzt, wo sich die beiden befinden! SOFORT!«

Unbeeindruckt sah Elliot ihn an und zuckte mit den Schultern. »Ich habe keine Ahnung. Ist mir durch den ganzen Stress entfallen.«

Nat, der das Verhör Wort für Wort verfolgte, grub vor Anspannung seine Fingernägel in das Fleisch seiner Handfläche, bis es schmerzte. Seine Gedanken spielten verrückt. Immer wieder sah er Cindy vor sich, wie sie nackt, missbraucht und gefoltert irgendwann gefunden werden würde. Das kleine Baby tot neben ihr. Doch was hatten sie noch für Möglichkeiten, den Ort ihren Verbleibs herauszufinden, wenn Elliot nicht von alleine redete und ihm seine Zukunft egal war? Schläge und Folter kamen für Nat nicht infrage. Sein Blick richtete sich wieder in den Verhörraum. Dort waren seine Kollegen anscheinend immer noch nicht weitergekommen. Er beobachtete, wie Hanson plötzlich mit seinem Fuß voller Wucht gegen die Lehne von Elliots Stuhl trat und ihn mit der Aktion zu Boden brachte.

Elliot lag auf dem Boden und umschlang mit seinen Händen seinen Brustkorb. »Verflucht! Meine Rippen! Was soll der Scheiß?«, stöhnte er vor Schmerzen.

»Upps!«, sagte Hanson und hielt abwehrend seine Hände hoch. »Entschuldigung, ich habe da so unkontrollierbare Muskelzuckungen, die ab und zu in den Beinen auftreten.«

Villano seufzte und warf Hanson einen genervten Blick zu. Dann erhob er sich, reichte Elliot eine Hand und zog ihn nach oben. Er stellte ihm den Stuhl wieder an den Tisch und brachte den Festgenommenen durch sanften Druck auf die Schultern dazu, sich wieder hinzusetzen.

»Was wird das denn hier?«, sagte Elliot, mit nicht mehr ganz so selbstbewusster Stimme. »Das 'guter Cop' – 'schlechter Cop'-Spiel?«

Villano hatte sich wieder auf seinen Stuhl gesetzt, doch Hanson platzierte sich wie zuvor hinter Elliot. Nun beugte er sich abrupt zu Elliots Ohr hinunter und zischte: »Na und? Sie spielen doch gerne Spielchen, oder?«

»Von mir werdet ihr gar nichts erfahren. Sollen die beiden doch verrecken! Ich hatte genug Spaß mit ihr. Übrigens auch mit der Tochter der Bürgermeisterin. Die dürfte mittlerweile schon in die ewigen Jagdgründe eingegangen sein.« Während er sprach, setzte er ein dreckiges Grinsen auf.

Nat hielt es nicht mehr aus. Er musste aus dem Nebenzimmer des Verhörraums heraus, sonst konnte er für nichts mehr garantieren. Er verließ den Raum und ging nach vorne in das Büro, um Grant aufzusuchen. Er nahm sich einen Stuhl und setzte sich neben sie. »Und, Key? Bist du vorangekommen? Hast du einen Anhaltspunkt, wo er sie gefangen halten könnte? Uns läuft wirklich die Zeit davon. Eben hat er angedeutet, dass die Tochter der Bürgermeisterin zu diesem Zeitpunkt wahrscheinlich schon gestorben ist. Das müssen wir bei Cindy und Sheila verhindern!«

Grant nahm sich nicht einmal die Zeit, Nat anzusehen, stattdessen überflogen ihre Augen im Schnellleseverfahren die Informationen, die sie gerade auf ihren Bildschirm abrief. »Ich weiß, Nat, ich tue mein Möglichstes, aber bis jetzt habe ich leider noch keine Hinweise gefunden.«

Nat schloss die Augen und fuhr sich mit der flachen Hand immer wieder über seine Stirn. Insgeheim hatte er mit der Antwort schon gerechnet. Er holte tief Luft und versuchte sich mental neu zu fokussieren. Auch wenn er zu diesem Zeitpunkt physisch und psychisch total am Ende war, durfte er nicht aufgeben! Seine beiden Liebsten waren durch ihn in diese Situation geraten. Sie durften nicht sterben!

»Nat? – Nat!!«, holte ihn Keyomi Grant mit aufgeregter Stimme wieder in die Realität zurück. »Ich glaube, ich habe hier etwas!«

Überrascht und ein wenig durcheinander durch den Schlafentzug der letzten Tage hob er seinen Kopf. »Was sagst du, Key?«

»Sieh' mal hier!«, forderte Grant ihn auf und zeigte mit einem Finger auf eine Adresszeile, die auf dem Bildschirm blinkte.

»Was ist das für eine Adresse?«

»Weiß du noch, dass wir am Freitag, als wir Elliots Vergangenheit aufgearbeitet hatten, auf eine Überweisung seiner Schwiegereltern gestoßen sind?«

»Ja. Es waren 10.000 Dollar für eine Vermögensanlage.«

»Genau.«

»Und was ist damit?«

»Ich habe die Schwiegereltern noch einmal genauer unter die Lupe genommen. Sie scheinen nicht unvermögend zu sein und besitzen hier in Las Vegas mehrere Häuser. Um genau zu sein, sind es drei.«

»Die sie vermieten?«

»Richtig! Zwei davon sind gerade möbliert vermietet worden, aber das Dritte steht wegen Renovierungsarbeiten zur Zeit leer.«

»Aber wenn dort renoviert wird, kann Elliot dort niemanden gefangen halten. Das würde doch auffallen«, brachte Nat hervor.

Grant sah ihn mit glänzenden Augen an. »Richtig, aber ich wäre ja nicht so enthusiastisch, wenn ich nicht noch ein Ass im Ärmel hätte.«

»Und das wäre?«, fragte Nat ungeduldig.

»Ich habe eine E-Mail zwischen den Schwiegereltern und Elliot gefunden, in dem sie ihn aus Mitleid über den Verlust seines Arbeitsplatzes beauftragen, die Renovierungsarbeiten an dem Einfamilienhaus selbst auszuführen. Auf ihre Kosten.«

Nat machte große Augen. »Wow, das hört sich wirklich nach einer Chance an!« Nat stand abrupt auf und machte sich auf in Richtung Verhörraum. »Schick' mir die Adresse auf mein Handy und ruf' wegen dem Durchsuchungsbeschluss den zuständigen Richter an ...«

Grant warf einen schnellen Blick auf die Uhr an der Wand. »Aber es ist mitten in der Nacht! Er wird schlafen oder noch auf irgendeiner Feier sein!«

»Das ist mir egal! Ruf ihn an und schildere ihm die Situation!«

Grant nickte. »Klar. Natürlich!«, rief sie ihrem Chef hinterher, obwohl sie schon oft mit dem Richter zu tun gehabt hatte und wusste, dass er ein harter Brocken war.

Nat war inzwischen beim Verhörraum angekommen und ging ohne anzuklopfen hinein. Hanson, Villano und auch Elliot sahen ihn überrascht an.

»Da ist er ja! Der verlorene Sohn!«, rief Elliot ihm zu.

Nat tat das Beste, was er in dieser Situation tun konnte, und ignorierte ihn einfach.

»Hanson! Villano! Kommt mal bitte mit raus!«

Beide folgten ihm in den Flur und sahen ihn ernst an.

»Was gibt es?«, fragte Hanson. Er wirkte genauso müde wie Villano.

»Key hat eine heiße Spur für uns. Sie hat ein Haus von Elliots Schwiegereltern ausfindig gemacht, wo er sie vielleicht gefangen halten könnte. Er renoviert das gerade.«

»Dann nichts wie los!«, rief Villano voller Tatendrang. Er hielt die Befragung von Elliot sowieso für nutzlos. Dieser verstockte Typ würde das Versteck nie preisgeben.

Hanson wirkte von der einen zur anderen Sekunde wieder hellwach. »Worauf warten wir noch?«

»Auf nichts. Ich sage Phil eben noch, dass er Elliot in eine Zelle sperren soll, solange wir weg sind.«

Fünf Minuten später saßen sie in dem schwarzen Ford Escalade und fuhren durch die Nacht. In jedem Teil der Stadt, durch den sie fuhren, waren die Silvesterfeiern immer noch im vollen Gange. Die Leute liefen mit Champagnerflaschen und Cocktailgläsern grölend und lachend durch die Straßen und ahnten nicht im Geringsten, dass es auch die andere Seite von Vegas gab. Die böse Seite.

Nat las von dem Display des Navigationssystems die noch zurückzulegende Distanz ab. »Noch zwei Kilometer!«, sagte er, und sein Puls stieg von Sekunde zur Sekunde.

Hanson, der sich auf den Rücksitz gesetzt hatte, legte von hinten eine Hand auf Nats Schulter. »Du wirst sehen, sie sind bestimmt dort, und wir werden nicht zu spät da sein!«

Nat schluckte. »Ich hoffe es, Mann. Ich hoffe es so sehr!«

Nats Handy klingelte. Er sah auf dem Display, dass es Grant war. »Key? Was gibt es? – Okay. Super. Danke dir! Wir melden uns.«

Nat legte auf und atmete erleichtert aus.

»Hat der Richter sein 'Go' gegeben?«

»Ja! Und er wünscht uns obendrein viel Glück!«, sagte Nat.

»Das können wir gut brauchen.«

Villano, der am Steuer saß, bog in die Straße ein, in der ihr Ziel lag. »Da vorne ist es, Leute!«

Eine halbe Minute später parkte er direkt vor dem leerstehenden Einfamilienhaus, und Nat verließ als Erster den Wagen. Er konnte es kaum erwarten, Cindy endlich zu befreien, sie in seine Arme zu schließen ... Nach wenigen Schritten hatte er den Hauseingang erreicht, riss das Fliegenschutzgitter zur Seite und drückte gegen die Tür. »Verschlossen!«, rief er den anderen zu. Dann ging er einen Schritt zurück und trat mit voller Wucht die Haustür ein.

Laut rufend und mit Taschenlampen bewaffnet stürmten alle drei ins Haus. »Cindy? Cindy!«

»Wir verteilen uns!«, rief Nat, als er keine Antwort hörte. »Aber seid vorsichtig! Vielleicht hat sich Elliot noch irgendetwas Perverses einfallen lassen!«

»Alles klar«, antwortete Hanson und betrat die Treppe, die nach oben führte.

Villano und Nat ließen Wohnzimmer und Küche links liegen, da auf den ersten Blick zu sehen gewesen war, dass sich hier niemand aufhielt. Das Haus war bis auf die Einbaumöbel und ein paar Regale für die Renovierung leergeräumt.

Nat drehte sich nach links und ging den Flur entlang. Vor der ersten Zimmertür blieb er stehen. Der Lichtkegel der Taschenlampe erhellte den Drehknauf. Nat holte tief Luft, und sein Herz schlug hart gegen seine Rippen. Was, wenn ihm dort drinnen etwas sehr Schreckliches erwarten würde?

Er presste die Lippen zusammen, drehte den Knauf und schob die Tür auf. Dann trat er ein und leuchtete nach und nach alle Zimmerecken ab. Nichts. Der Raum war komplett leer!

»Oben ist niemand!«, rief Hanson enttäuscht und kam die Treppe wieder herunter.

»Okay«, antwortete Nat laut und trat zurück in den Flur.

Auch Villano erschien wieder auf der Bildfläche. »Die Garage ist auch leer!«

Nat machte eine Kopfbewegung zur letzten Tür im Flur. »Dann bleibt uns nur noch dieses Zimmer.«

Hanson schob sich an seinem Chef vorbei. »Lass mich das machen, Nat! Wer weiß ... ich meine, wir haben gar keine Laute gehört! Sie könnten beide ...«

Nat, der Hanson während seiner Rede betrachtet hatte, blickte zu Boden, schluckte hart und nickte seinem Kollegen schließlich zu. »Okay. Geh rein!«, sagte er mit schwerer Zunge.

Hanson bedeutete Villano mit einem Blick, dass er für den Fall aller Fälle besser bei Nat bleiben sollte.

Dann betrat Hanson vorsichtig den Raum. Er hatte selbst Angst davor, was ihn erwarten würde. Vielleicht hatte sich Grant aber auch mit ihrer Vermutung geirrt, dass die Vermissten in diesem Haus festgehalten wurden.

Mit angeschalteter Taschenlampe fing Hanson an den Raum zu inspizieren. Er vermutete, dass es sich hierbei um das Kinderzimmer des Hauses handelte, denn ausnahmsweise befanden sich bunte Tapeten an den Wänden. Dem ersten Eindruck nach schien auch in diesem Zimmer niemand zu sein ... *Stop. Da hinten gibt es anscheinend eine Art Anbau.* Er leuchtete mit seiner Taschenlampe um die Ecke, und das, was er sah, ließ ihn im Schock erstarren.

Nach dem ersten Schrecken versuchte er sich zu fassen. Doch das wollte ihm bei aller Professionalität als FBI-Ermittler nicht gelingen. Nicht bei einem Fall von so unfassbarer Brutalität.

»Matt?«, hörte er seine Kollegen aus dem Flur rufen. »Was ist?«

Er wollte antworten, doch er war immer noch sprachlos. Seine Zunge klebte wie Zement an seinem Gaumen. Zehn Sekunden später stießen erst Villano und dann Nat zu ihm um die Ecke.

Sie fanden Hanson in der Dunkelheit kniend und mit Tränen in den Augen auf dem Boden vor. Hansons Taschenlampe lag auf dem Boden und erzeugte eine gespenstische Atmosphäre.

»Das Baby«, stammelte er. »Das Baby!«

14

Las Vegas
Sonntag, 1. Januar

»Das Baby?«, schrie Nat aufgeregt. »Sheila? Wo ist sie?« Aufgeregt wirbelte er mit seiner Taschenlampe in dem Anbau umher. Wie erstarrt blieb sein Blick an dem, was im Lichtkegel zum Vorschein kam, hängen. »Oh Gott!« Es dauerte einen Moment bis er die Informationen verarbeitet hatte. »Es ist … Es ist nicht Cindy!«, stammelte er erleichtert. »Sie ist es nicht!«

»Nein, Nat. Sie ist es nicht!«, bestätigte Villano. Der Anblick hatte auch ihm fast die Sprache verschlagen.

Mit leichtem Widerwillen näherte sich Nat der nackten Frau. Ihre mit Blut verkrusteten Arme waren mit Metallketten an einem Haken an der Decke aufgehängt worden, und ihr Kopf hing seitlich auf ihrer rechten Schulter. Das ehemals schöne Gesicht wies viele Blutergüsse auf, die in allen Farben schillerten, und ihre Augen waren beide unter den massiven Schlägen zugeschwollen. Nat fühlte ihren Puls an der Halsschlagader, doch wie er bereits erwartet hatte, spürte er keinen mehr. »Sie ist tot«, sagte er mit schwacher Stimme. Er trat einen Schritt zurück und beleuchtete ihren Unterleib. Er hatte schon viele schreckliche Dinge in seinem Leben gesehen, aber bei diesem Anblick lief es ihm kalt den Rücken herunter. Aus dem Leib der toten Frau hing an einer noch intakten Nabelschnur ein kleiner weißer Fötus.

Nat schluckte und drehte sich weg. »Ich denke, es besteht kein Zweifel, dass es sich um die Tochter der Bürgermeisterin handelt.«

Hanson erhob sich langsam vom Boden. Sein Gesicht war immer noch leichenblass. »Ja, das Schwein hat ganze Arbeit geleistet!«

Nat warf einen letzten Blick auf die Frau. Um die Tote würde sich bald das Team der Crime-Scene-Techniker kümmern. Viel wichtiger waren jetzt seine beiden Liebsten, die vielleicht noch lebten! Mit großer Entschlossenheit, sie zu finden, ging er vom Anbau ins eigentliche Kinderzimmer zurück. »Kommt! Wir müssen weiter nach Cindy und Sheila suchen!«

Hanson und Villano folgten ihm. »Aber wo? Wir haben hier alle Räume durchgesehen!«, erwiderte Hanson.

Nat war inzwischen durch den Flur gegangen und an der Haustür angekommen. »Ich weiß auch nicht. Wir fahren zurück ins Büro und suchen nach weiteren ...« Er stockte plötzlich. »Wartet mal!«

»Was? Hast du eine Idee?«, fragte Hanson erwartungsvoll. Im Schein der Taschenlampe wirkte Nats Gesicht auf ihn geisterhaft.

»Die Möbel!«, brachte Nat aufgeregt hervor. »Wo sind die Möbel?«

»Stimmt«, sagte Hanson nachdenklich. »Keyomi sagte ja, dass die Häuser alle möbliert vermietet werden. Jemand muss sie weggeschafft haben.«

»Aber wohin? Einen Keller gibt es nicht, und in der Garage stand nichts«, gab Villano zu bedenken.

Nat riss die Haustür auf und lief so schnell er konnte zum hinteren Teil des Grundstücks. Hanson und Villano folgten ihm.

»Da! Ich habe es gewusst!«, rief Nat und leuchtete mit der Taschenlampe in den Garten.

»Container«, stellte Hanson fest, als er neben Nat zum Stehen kam.

Nat ging zu dem ersten Container und ruckelte an dem Schloss. »Er ist verschlossen!« Kurzerhand zog er seine Waffe. »Vorsicht! Tretet zurück!« Dann schoss er zweimal, und das Vorhängeschloss sprang auf.

Mit klopfendem Herzen schob er die quietschende Metalltür auf. »Cindy? Bist du …«, rief er erwartungsvoll, als ihm klar wurde, dass dieser Container tatsächlich bis zum Anschlag mit Möbeln und Kisten vollstand. »Scheiße!«, entfuhr es ihm.

Er trat einen Schritt zurück und starrte auf den zweiten Container. Das hier war seine letzte Chance. Wenn sie sich nicht dort drin befanden, würde er seine Freundin und seine Tochter wahrscheinlich nicht mehr lebend auffinden.

Entschlossen zog er erneut seine Waffe. Und rief: »Vorsicht! Schuss!« Nachdem er die Reste des Schlosses ungeduldig entfernt hatte, riss er mit Gewalt die beiden Türen auf. Der lange Container war viel spärlicher gefüllt als der erste. Er rief in die Dunkelheit hinein. »Cindy?«

Nichts. Es war totenstill.

»CINDY!«

Er bekam keine Antwort. *Das kann einfach nicht sein,* dachte er panisch und sein Herz schlug immer schneller. *Sie muss hier sein!*

Wie von Sinnen fing er an, sich einen Weg durch den Container zu bahnen, der zum großen Teil mit Möbeln und Kisten vollstand. »Cindy!«, rief er immer wieder laut, während er Gegenstände aus dem Weg räumte. *Sie muss hier sein! Sie muss! Warum meldet sie sich nicht?* Nachdem er fasst am Ende des Containers angekommen und seine Hoffnung immer weiter geschwunden war, erfasste der Lichtkegel seiner Taschenlampe erst ein paar nackte Füße, die mit einer Metallkette gefesselt waren, und dann das Gesicht seiner Freundin. Sie lag leblos auf dem Boden und rührte sich nicht. »Cindy!« Er ging neben ihr in die Knie und strich ihr die wirren Haare aus dem Gesicht. Er schluckte. *Ist sie … Nein, sie darf nicht tot sein!* Mit einem fast übermächtigen Gefühl der Angst, fasste er ihr mit zwei Fingern an die Halsschlagader.

Er schloss die Augen und versuchte sich zu konzentrieren. War da ein Puls?

Seine Augen öffneten sich wieder. *Da! Da ist er!* Sofort fing er an, ihr Gesicht zu tätscheln, um sie zu Bewusstsein zu bringen.

»Joe!? Matt!?«, rief er laut. »Ich habe sie gefunden! Sie lebt! Ich brauche Wasser und einen Krankenwagen! Schnell!«

Villano der sich nur kurz nach ihm durch den Container gekämpft hatte, trat überraschend zu ihm. »Ich bin hier. Nicht erschrecken, Nat.«

»Gut. Bitte geh' und kümmer' dich, ja?«

Villano war vom Anblick der bewusstlosen Cindy erschüttert. »Ja. Ja klar«, stotterte er. »Ich bin gleich zurück!«

»Okay, Joe.« Nat versuchte unterdessen immer weiter, Cindy zu Bewusstsein zu bringen. »Cindy?!« Plötzlich fing seine Freundin an sich zu bewegen, und kurz danach öffnete sie ihre Augen.

»Cindy! Schatz! Ich bin es Nat!«

»Nat?«, kam schwach über ihre Lippen. Sie blinzelte kurz ihn an und schloss dann wieder ihre Augen.

»Ja, ich bin es. Du bist in Sicherheit!« Er musste sie berühren, denn er konnte kaum glauben, dass er sie wirklich gefunden hatte und sie lebte. Tränen strömten ungehemmt über sein Gesicht. Er tätschelte ihr erneut über die schmutzige Wange. »Komm' Baby, nicht wieder einschlafen, hörst du? Du musst mir sagen, wo Sheila ist, Cindy! Wo ist sie?«

Cindy öffnete erneut ihre Augen. »Sheila.«

»Ja. Wo ist sie?«

Villano trat von hinten an Nat heran. »Hier ist Wasser.«

Nat griff sich die Flasche, öffnete sie und setzte sie Cindy an die trockenen Lippen. »Komm, trink, Liebes!« Gierig fing sie an zu trinken.

»Der Krankenwagen ist gleich hier«, sagte Villano. »Matt erwartet ihn vorne an der Straße.«

Nat nickte und gab Villano damit zu verstehen, dass er die Informationen aufgenommen hatte.

Er nahm die Wasserflasche von Cindys Lippen. »Wo ist Sheila?«

»Ich weiß nicht ...«, sagte sie schwach.

Nat sah seine Freundin an, deren blonde Haare fettig an ihrem Gesicht herunterhingen. »Was weißt du nicht?«, fragte er alarmiert. »Du weißt nicht wo sie ist?«

»Doch.«

Nat verzweifelte. Die Dehydration schien Cindy nicht klar denken zu lassen. »Wo ist ...«

Cindy unterbrach ihn, hob ihren Arm und zeigte in die Dunkelheit. »Sie ... sie liegt irgendwo dort hinten in einem Schrank. Ich weiß nicht, ob sie noch lebt ...«

15

Las Vegas
Sonntag, 1. Januar

Nat war im Morgengrauen vor Erschöpfung einfach auf dem Stuhl neben Cindys Bett im Krankenhaus eingeschlafen, nachdem er seiner Freundin bei allen Untersuchungen, die gemacht werden mussten, beigestanden hatte. Irgendwann hatte sein Körper einfach angefangen zu streiken, und er war in einen komaartigen Schlaf gefallen.

Ein zartes Streicheln über seinen Kopf weckte ihn auf.

»Du musst aufwachen!«

Mit einem immer noch unendlich müden Gefühl öffnete Nat seine Augen und richtete dann langsam seinen Oberkörper von Cindys Bett auf. Als er seine Freundin entdeckte, verspürte er sofort den Drang, sich noch einmal für alles zu entschuldigen. »Cindy. Ich …«

Cindy stoppte seine Rede, indem sie einen Finger vor ihren Mund hielt und dann in eine andere Richtung zeigte. »Sieh mal!«

Nat drehte seinen Kopf und sah eine Krankenschwester, die ein Bündel aus Stoff in ihren Händen hielt.

»Da möchte jemand zu ihrem Vater!«, sagte sie und lächelte ihn an.

Nat war mit einem Mal hellwach und erhob sich in Windeseile von seinem Stuhl. »Ist sie …«, stotterte er und sah unsicher zur Schwester.

»Ja! Sie hat es geschafft. Sie ist über den Berg! Setzen Sie sich, dann können Sie sie nehmen!«

Nat begann über das ganze Gesicht zu strahlen. »Ja!« Er suchte nach der Stuhllehne und setzte sich wieder hin. Die Krankenschwester legte das kleine Bündel in seine Arme.

»Hier ist die kleine Prinzessin! Passen Sie gut auf sie auf!«

Ein paar Tränen sammelten sich beim Anblick seiner kleinen, süßen Tochter in seinen Augenwinkeln. »Das mache ich. Ganz bestimmt.« Er sah sie an und streichelte sachte mit seinem Zeigefinger über ihre zarte Wange. *Oh Gott, du Süße. Was hat man dir nur angetan?,* dachte er schuldbewusst. Der Gedanke an die letzten zwei Tage und das Leid, das über sie gekommen war, tat ihm in der Seele weh. Er schloss kurz seine Augen, und seine Tränen tropften auf Sheilas Decke.

Kurz nachdem Cindy ihm gesagt hatte, wo sich seine Tochter befinden sollte, hatte er sie gefunden und sie sofort den gerade eintreffenden Sanitätern übergeben. Ihre Lebenszeichen waren zu dem Zeitpunkt nur noch sehr schwach, so dehydriert war sie gewesen. Die Ärzte im Krankenhaus hatten ihnen sogar am frühen Morgen immer noch keine Entwarnung geben können.

»Du machst sie noch ganz nass mit deinen Tränen«, hörte er Cindy mit einem Lächeln in der Stimme sagen.

Er öffnete seine Augen wieder und wischte mit der Hand die Nässe fort. »Oh! Das wollte ich nicht.« Dann sah zu seiner Freundin hinüber.

»Ich weiß, du machst dir die größten Vorwürfe, aber das musst du nicht«, sagte sie.

»Ich ...«, setzte Nat an, aber Cindy unterbrach ihn.

»Du konntest nicht wissen, was er vorhatte. Das war einfach nicht vorherzusehen, und wir haben es alle überlebt.«

Nat stand auf, setzte sich mit Sheila in den Armen auf die Bettkante und nahm Cindys Hand. »Es tut mir so unendlich leid, dass ich so lange mit meiner Antwort gezögert hatte, als Elliot mich fragte, ob ich den Flug machen und das Attentat verüben würde. Ich sah im Geiste immer wieder die vielen verbrannten Leichen vor mir, und ich habe keinen klaren Gedanken fassen können, als ich dich dort in dieser … in dieser schlimmen Lage gesehen habe.«

»Da war es doch gut, dass ich für dich gedacht habe«, sagte plötzlich Villano, der unbemerkt in das Krankenzimmer gekommen war.

»Joe!«, rief Nat und drehte sich zu seinem Kollegen um.

Villano kam zu ihnen und umarmte beide nacheinander. Dann setzte er sich auf den frei gewordenen Stuhl neben Cindys Bett. »Viele Grüße soll ich euch von den anderen ausrichten«, sagte er mit einem Lächeln. Sein Blick fiel auf das Baby. »Wie ich sehe, geht es ihr gut. Ist sie über den Berg?«

Nat sah lächelnd auf seine schlafende Tochter. »Ja. Sie hat es geschafft. Zum Glück. Ich weiß nicht, was ich gemacht ...«

Villano räusperte sich und unterbrach Nat, bevor dieser sich in irgendwelche schlimmen Szenarien hineinsteigern konnte. »Es gibt da noch etwas, was ich euch erzählen muss.«

Nat zog seine Augenbrauen zusammen und sah Villano fragend an. »Was denn, Joe? Ist doch noch etwas passiert?«

Villano nickte. »Ja. Elliot hat ...«

»Was hat er getan?«, entfuhr es Cindy.

»Er hat sich in der Zelle das Leben genommen.«

»Er hat was?«, rief Nat laut.

Villano presste seine Lippen aufeinander. »Yep. Er hat sich seiner Verantwortung, Buße für seine Taten zu tun, entzogen.«

Cindy legte bei dem Gedanken an ihren Peiniger die Arme um ihren Körper. Ihr fröstelte.

»Wie hat er das gemacht?«, fragte Nat. »Bevor er in

die Zelle kam, wurde er doch sicher ordnungsgemäß durchgecheckt!«

»Natürlich, aber er hat trotzdem einen Weg gefunden. Und zwar hat er sich mit seinen Zähnen die Schlagadern an beiden Armen über die ganze Länge aufgebissen und ist während der Nacht verblutet.«

Nat sah Villano mit ernstem Gesicht an. »Das muss ein wahres Blutbad in der Zelle gewesen sein«, sagte er, ohne eine Spur des Bedauerns.

Villano nickte. »Allerdings. Doch das Makaberste war, dass er anscheinend noch Zeit hatte 'Judy, ich komme zu dir' mit seinem Blut an die Wand zu schreiben.«

Cindy schluckte und wurde kreidebleich.

Nat sah, dass der Gedanke an ihren Peiniger nicht leicht für sie war. Die Verarbeitung dessen, was sie durchgemacht hatte, würde einige Zeit dauern, auch wenn er sie nicht wie befürchtet missbraucht hatte.

Nat nahm ihre Hand und küsste sie sanft. »Er wird nie mehr jemanden etwas zuleide tun.«

Cindy sah ihn erleichtert, aber mit Tränen in den Augen an. »Ja. Sein blutiges Spiel ist endlich zu Ende!«

Ende

Liebe Leserin,
lieber Leser,

vielen lieben Dank, dass Sie sich für meinen Thriller „Das blutige Spiel“ entschieden haben.
Ich hoffe, ich konnte Ihnen damit ein besonderes Lesevergnügen bereiten.

Wenn Ihnen dieser Thriller gefallen hat, dann freue ich mich sehr über eine kurze Rezension bei Amazon.de.

Bitte besuchen Sie mich auch auf meiner Homepage: liviapipes.de. Dort werden Sie regelmäßig mit Informationen zu neuen Projekten versorgt.

Liebe Grüße,
Ihre Livia Pipes

PS: Ich möchte Ihnen auch meine Kati Lindberg-Thriller-Reihe ans Herz legen. Sie finden Sie wie immer bei Amazon.

Danksagung

Bedanken möchte ich mich besonders bei meinen beiden Lektoren und Korrektoren Klaus und Petra. Ihr habt mir ein weiteres Mal geholfen, das Beste aus meinem Roman herauszuholen!

Ein Dankeschön geht auch an meine Eltern und meinen Ehemann Andreas sowie an alle weiteren Testleser. Durch Euer Feedback und Eure Anregungen verbessert Ihr meine Arbeit. Vielen, vielen Dank.

Alles Liebe,
Livia Pipes

Nat Porter Reihe
Teil 1
Der Elternfänger

Wie viel Leid kann ein Mensch ertragen …

Sommer 2015. Nick und Lisa Sommer, ein junges Lehrerehepaar aus Stuttgart, machen sich auf den Weg in ihren wohlverdienten Sommerurlaub. Verliebt, wie am ersten Tag, kommen sie in Las Vegas, ihrer ersten Station der Rundreise durch den Westen der USA an.

In Vorfreude auf das aufregende Nachtleben und gute Shows, beziehen sie ihr Hotel. Nick freut sich besonders, denn er hat für seine Frau von Deutschland aus eine Überraschung organisiert, von der sie bisher noch nichts ahnt …

Zur gleichen Zeit beginnen die FBI-Agenten Porter und Villano in einem Fall zu ermitteln, der es in sich hat. Ein bestialisch zugerichtetes Opfer italienischer Abstammung, die Ankündigung weiterer Morde und mysteriöse verschlüsselte Botschaften halten das Ermittlungsteam in Atem. Doch die Suche nach dem Täter gestaltet sich anfangs schwer, fehlen doch jegliche Anhaltspunkte für einen Verdacht.

Für Nat Porter und sein Team spitzt sich die Lage dramatisch zu, als weitere Touristen verschwinden. Dieses Mal sind es Deutsche …

DER ELTERNFÄNGER – ein gnadenlos packender Thriller, der dem Leser elektrisierend unter die Haut geht! Realitätsnah, unverblümt und ohne Schnörkel.

Nat Porter Reihe
Teil 2
Der Puppenfriedhof

Was treibt einen Menschen zu solch schrecklichen Taten …

In rasender Verzweiflung warf die Zehnjährige den Kopf hin und her, denn der Verrückte hatte vor sie zu töten! Allein das kreischende Geräusch der Maschine, die er hinter ihrem Kopf eingeschaltet hatte, ließ sie vor Angst schier wahnsinnig werden. Mit allen Kräften versuchte sie sich zu befreien, doch die Stricke waren zu fest …

Völlig aufgelöst kommen Laura und Simon nach der Entführung ihrer Töchter mit dem FBI-Team in Kontakt und Nat Porter setzt mit seinen Leuten alles daran, die beiden deutschen Mädchen aus der Geißel der Entführer zu befreien.

Während sie unter Druck an dem Fall arbeiten, wird eine massakrierte Leiche aufgefunden. Wer hat den Körper des biederen Familienvaters aus San Francisco so bestialisch mit einem Messer zugerichtet? Das FBI-Team steht vor einem großen Rätsel. Dass am Ende beide Fälle seltsam miteinander verwoben sind, ahnt am Anfang niemand!

DER PUPPENFRIEDHOF – ein packender Thriller, der den Leser mitten ins Geschehen zieht und immer wieder mit spannenden Wendungen überrascht!

Printed in Poland
by Amazon Fulfillment
Poland Sp. z o.o., Wrocław

94969322R00117